同婚十年

我們靜靜的生活

陳雪

目錄

OUR LIFE

TEN YEARS OF

第二部——這是我太太

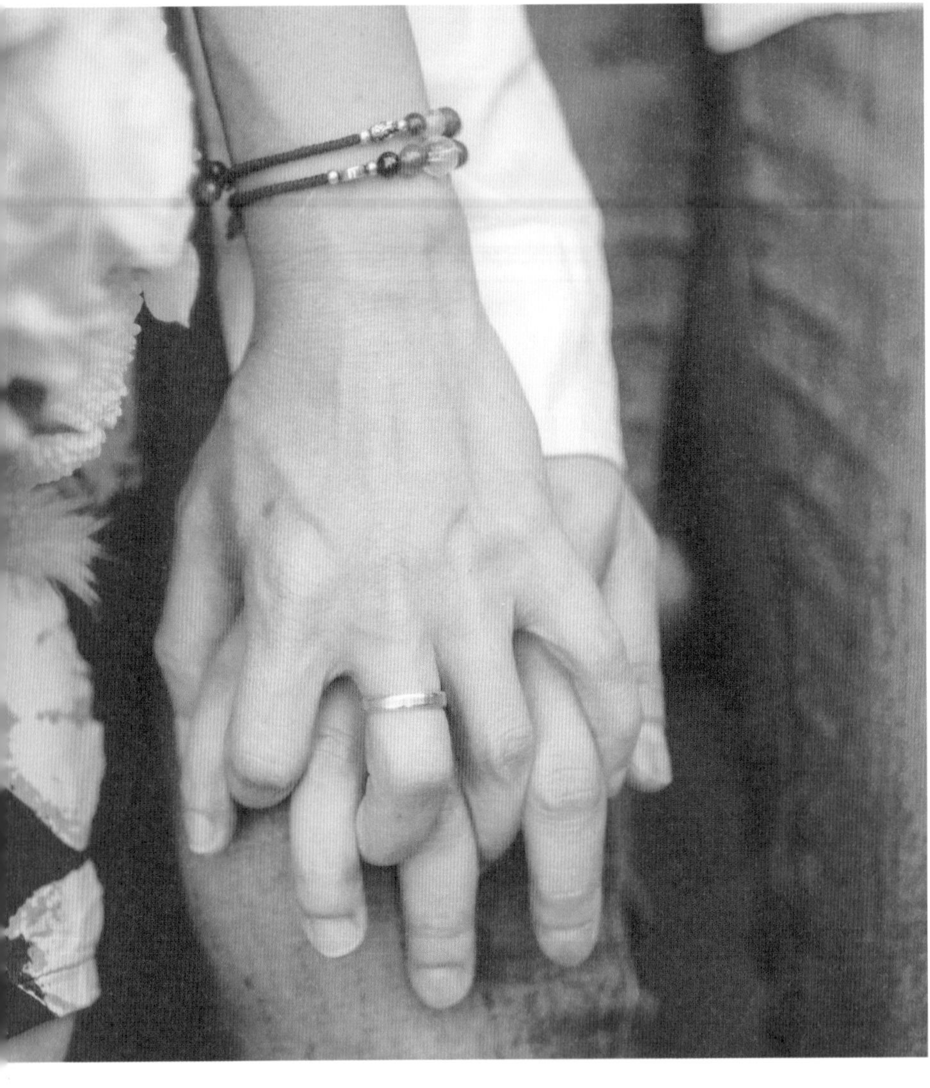

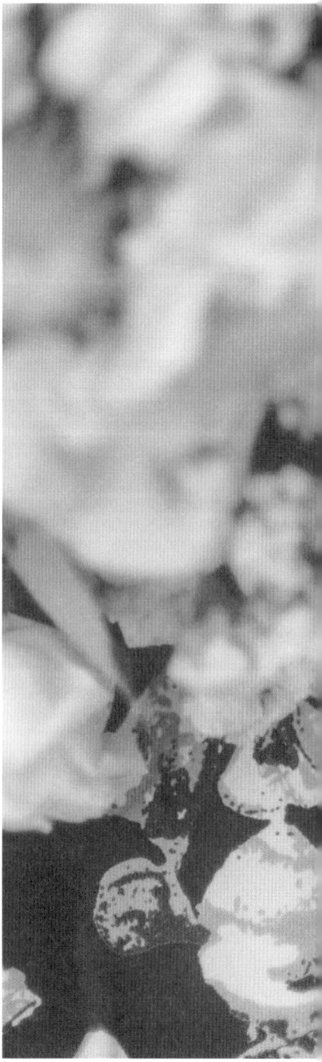

攝影／賴小路

攝影／賴小路

開始

那是二〇〇二年秋天，我已從台中搬到台北來，因為參加出版社的餐宴，遇見了當時也在那家出版社工作的她。最近的簽書會上，或許是因為燈光，坐在台上，在我身旁的她，穿著大家熟悉的白襯衫，靦腆安靜，我總會想起我們認識那天，雖然事隔多年我已經記不得那些細節，可以記住的也只是她那樣安靜而專注的神情，那天我們互動很少，她也許只是輕笑了幾聲，沒有說話，但我必須承認，那天，某種神秘我無法解釋的理由，我想我已愛上了她。

但其實那不是我們第一次見面，早餐人說，那年稍早，一次我的新書發表會，她與出版社朋友已到了現場，活動在二樓，但她在一樓上二樓的樓梯轉角聽見我說話的聲音，後來她離開了。

「我們之間一定會發生什麼事。」她預感。

我們之間發生的事，歡喜，狂喜，悲傷，悲哀，大起大落，陰錯陽差，莫可奈何，可以想像無法想像的情節都發生了。但是，在浪漫與神秘的認識之初，我們從沒想過的，也無從想像的，是真能走到如今平凡深刻的相守，是如今這麼在臉書上，在簽書會場上與大家的相識，這是最美的禮物。

夜裡她回來了，總像好久不見那樣，我一直望著她，「喝酒了嗎？」我問，「只有喝冰咖啡。」她說，「為什麼臉兒紅紅的？」我問，「不知道。」她說。「你瘦了。」我又說。我輕撫著她的臉，彷彿時光凝住了，還是最初的那個西餐廳，她距離我很遠，但我看得很清楚，蒼白的臉上淡淡的雀斑，幽深的大眼望著你時會令人害羞想躲開，貓咪的尖下巴，我記得當時，人群裡，我想要把手伸得長長地，越過人群，去撫摸她的臉。

那是令人害羞的往事，使我高興的是，至今，我對她仍有當時的衝動，至今，她仍會專注地望著我。

時光迢迢，莫忘初衷。

第一部·啟程

夢

許久沒這樣了，連綿的雨將我推進記憶深處，都是夢。什麼也不想寫，就一直看書。我在紙上用鉛筆記下幾個覺得喜愛的字詞，想起了我已經三四年不曾抄書，手壞了，我轉動鉛筆，彷彿手還是原來那樣，鉛筆很輕，字跡像是隨時都會泯滅。

我想起那年冬天，我們重逢，結婚，嘗試同居，那是特別冷的冬天，我因為病得厲害，冷風一吹全身都痛，那是度日如年的冬天，無法想像未來，空氣濕重如有形之物，鈍重，沉重，我總是連嘴巴一起張開，才能把空氣吃下肚，用以維生，呼吸竟有那麼苦澀啊！

那個冬天太冷了，我們剛搬到一個陌生之地，一直在漏水的屋子，災難片一樣的幾個月……如今有時我搭車經過那個捷運站，心裡都還會一跳，有時我會笑說，「那個無緣的房子」，真是無緣，我還記得那個屋子裡所有一切，卻不是喜愛的記憶。但是我記得我們度過寒冬，連那麼可怕的夢都能逃離。

有時會掉進各自記憶的黑洞，生命裡幾個痛點，早晨照著鏡子，驚訝於時間一層一層覆蓋而上的，竟有那麼多傷害，但有時看起來只像是一些歲月的刮傷，皺紋，斑點，陰影，笑一笑就可以讓它無形。有時遮蓋不了，竟定著眼睛看，看得眼睛都模糊了。

中午她出門，雨還是下著，後來我也出門了，大街上濕漉漉的，我一下不知道自己要去哪兒，在街邊躊躇了一會，這幾天都被惡夢偷吃了，腦子被蛀空，只記得一些淡淡的，說不上來的印象，我讀了許多書，抄下許多字眼，那些字句在睡夢中自己組成了一篇長長的文章，像是不可能寄出的信。

記得我愛你。

我記得我愛你。

我記得那個無緣的房子，那些悲慘的日子，我記得我們如何走出那惡夢的迷宮，奔逃到陽光充滿的地方，那是一個咒語，別忘了那個咒語。

窗外的狗吠了，我又回到屋子裡，吃飽了飯，把頭髮洗淨，無論經過什麼，我總是唸著那咒語，記得我愛你，如果將來我把什麼都忘卻，你要提醒我，如果將來我看起來變得可憎，請你提醒你自己。

我們是相愛的。

我想雨快要停了，落在樹葉上的雨絲勾連纏結成蛛網曾經纏住我，我醒了。

我想像夜晚你會像個新人那樣走進屋子，世界濕亮亮的，每一件事都從頭來過，陽台植物很好，發生病蟲害的甜羅勒，像被烤乾似地突然枯萎的九層塔，剪掉枯枝敗葉，它們終於都活回來了。

我要重頭開始愛你。
每隔一陣子就一次。
像花開花落隨著四季，春夏秋冬，物換星移。像是一種永恆的，必然的事。
記得我愛你。
請跟我說一次。
無論是流著淚或帶著微笑，我們都會一直走下去的。

相遇

如果不是遇見你，我不知道我會過著什麼樣的生活，成為怎麼樣的人，但我想，我終究還是會遇到你，並且成為現在這樣的人。

只想跟你談戀愛

昨晚阿早對我說，「好想談戀愛啊！」

我心中雖然一驚，但還是裝作平靜地說：「好啊！想想辦法。」

早：「但是我是想跟你談戀愛。是你喔，不是別人。」

我心中又、驚。「可是我們已經在戀愛了啊！」

早：「對啊，可是我說的不是這一種。」

「不是老夫老妻這種嗎？」

「好像是也好像不是。可是我們又那麼好。唉，你知道的嘛！」

我好像知道啊，那是一種只存在戀愛之初的感受，那種全身心的投入，因為投入而產生的強烈想像，對方所有一切都成為你生活的重心，她的聲音、笑容、舉手投足，都是世上最美的，你迫切想知道她的過去，你急切地想要了解、發覺、認識你還不知道的她，而她也以同樣的強度回應你。

那時你們的天地初開，萬事萬物都還沒有名字，一切都有可能，一切都正在開始。

「但我只想跟你談戀愛。」阿早說。

「我也是啊！」我回答。

我們的愛已經翻過一重又一重山峰，穿過沙漠、叢林、荊棘、最艱苦的荒漠，走到平靜市郊，尋常的巷弄裡了。這是一種跋涉過千山萬水才能到達的平靜。我們很珍惜。

我擁抱著她，還是可以戀愛啊，調動出我們記憶裡那許許多多的場景、畫面，那一切都還栩栩如生，彷彿仍在目前。

「我們現在這樣很好。」阿早說。

「不想談戀愛了啊！」我逗她。

她笑了。

我們已經戀愛過好多好多好多次了。

我們現在這樣很好。

愛情煙雲

愛情如一陣煙雲，總是突然地降臨，甚至超越你自己的預期。我們時常在愛情的煙雲裡，感到恐懼、不安，害怕那份愛並非我們所有，好像是虛空中得來，也會虛幻地離開。

愛人戀慕地望著我們時，有時我們會想，「你看見的是真正的我嗎？」，時時擔憂著「會不會你看見真實的我，那份愛就消失了？」。

在愛情裡，戀人們時常患得患失、忽悲忽喜，擁有時恐懼失去，失去時感覺不曾擁有，好像只有悲傷才是真實的，而幸福只是幻影。

到底可以相信什麼？可以掌握什麼？到底有什麼是愛情裡堅實可依的？有什麼是我該擁有的？什麼是屬於我的？什麼是不會失去的？

坎坷戀愛路

我談過許多坎坷的戀愛，即使用盡力氣也無法順遂的愛情，有時是愛得太晚，有時愛得太早，有時距離太近，有時距離太遠，天時地利人和都不站在你這邊，但更多時候是因為我還不懂得如何好好去維持一份愛情。

有時我會突然想起這是一份異常簡單的愛情，或許因為我們都已歷盡滄桑，但求簡單平靜，在這樣的時刻，這樣年歲，我終於不再是「跟誰都無法好好相處」的人了。這念頭使我激動想哭。

那是很奇異的感覺，你似乎不是從前的你，又好像終於接近了你自己。

紅包

中午我們到了華泰飯店，大姑姑已經在等待，果然如早餐人所說，七十多歲的她依然雍容華貴，非常明豔，她一見到我就緊緊握著我的手，說「歡迎來我們家」，後來二姑姑也到了，是開朗的大地之母那麼溫暖的美婦人，見面時就擁抱了我，說「歡迎歡迎，我們是一家人了」，然後兩人同時都給了我紅包，說「初次見面」、「見面禮」。嗚，好感動。

吃飯時聽著姑姑們說著已逝的爺爺奶奶的故事，說家族裡的趣聞逸事，說早餐人的童年，說起英年早逝的公公，姑姑們都很活潑，減少了我的緊張。原來是表哥告訴二姑姑，二姑姑告訴大姑姑，大姑姑跟婆婆說，還開了家族會議，原本要安排所有家族的人出席……大姑姑是豪氣干雲的人，有她主事，我們倆就在不知不覺間得到了家族的認可。我想過程裡或許仍有雜音，但我們原本擔心婆婆因此受到欺負或閒言閒語的干擾，倒是沒有發生，大家都用各自的方式熱情或平淡地理解或接受或包容了。

我自小跟親戚都疏離，從未理解過這樣的家族連結，這次過年受到很大的震撼，因為跟親戚的往來，彷彿也更認識了早餐人的過往，理解她們老派殷實大氣的家風，那麼溫暖開明的親戚關係，我是第一次經驗到。

因為不是有意識要爭取認同，這樣突如其來的接納使得我與早餐人都非常感動，感覺自己真的受到祝福，看見她們的氣度與胸懷，感受她們愛人的方式，使我更認定真心去愛人是重要的，我想世間難免有反對者，然而，時間也給了我們最好的安慰，漫長時間過去，總是有人會懂得，有人會理解，有人是善意的。

離開時，分別都跟姑姑們擁抱，挽著手下樓，「我們都很喜歡你」、「要常常見面歐」，姑姑們各自對我說，早餐人有幾次都紅著眼眶，感性的二姑姑也用手帕擦著眼淚。

我相信愛的重要意義是連結，使人的生命變得開闊，除了我們兩個人的結合，也將我們與其他人連結起來，不是因為在意他人的眼光，而是因為想要更開闊地去愛人。

我想我們是幸運的，但我想我們也是真摯的，有些事宛如奇蹟，當它發生時，會使人感到，真實地活著，堅持活得真實，一直地堅持，你的世界會在不知不覺間改變，因為你變得強韌，溫暖，開闊，許多原本充滿荊棘的路，你便能夠從容地走過了。

你要一直相信愛的力量，直到你也可以這樣去愛人。

要一直相信。

這次我把握了

我們錢賺得不多，日子卻過得簡單有味，有個遠方的臉書朋友時常給我們寄蔬菜，鄰家姊姊似地，有了什麼好吃的都跟我們分享，也給我寄衣裳，後來的年歲裡，我喜歡穿朋友的二手衣，都當新衣服穿，不知為何，總覺得特別溫暖。

今日剛收到的鮮甜高麗菜，多汁的洋蔥，豬肉照例是婆婆的愛心，今天多了兩個菜，見到市場外省婆婆做的小菜好吃，買了麻辣鴨血與辣椒小魚豆乾，兩份五十元，我總是忘了買蒜頭，高麗菜炒薑絲也很清甜。蔬菜湯當然有好多蔬菜，大番茄是市場裡文雅的香蕉先生兼賣的，總是穿著襯衫西裝褲的他，專賣台中蕉引發我的鄉愁。

後來我們選擇了一種生活，賺得少花得少，剩下多些時間來讀書做喜愛的事，多花些時間過生活，生活似乎更悠緩了，兩個人學生似地，卻覺得日子真實，無論擁有什麼，都特別快樂，收到蔬菜時開心，把東西做成食物吃掉也很快樂，清空了剩菜真好，把新的食物冰進去也覺得很棒。偶爾跟朋友去好好吃頓飯就覺得過節似地。

當你擁有的不多，但每一樣都是自己心愛的，租來的房子，可愛的病貓，二手的衣裳，遠方捎來的菜，自己買的書，餘下長長的時光，四十歲的生活跟二十歲沒有太大的不同，但心裡不再著慌似地覺得空，可以望見更深遠的地方。

年輕時我就練習著這樣的生活，一切都是以寫作為前提的，盡可能地簡樸，我唯一沒有料想到是有早餐人作伴，當事情發生時，覺得很驚奇，也很自然。

曾經有過美好的愛情，這次我把握了。

慢慢來

我是個粗魯又急躁的人，生活裡只對寫作上心，其他事都很潦草，因為獨處久了，對人講話有時也不講究，有時講話急躁也會惹阿早傷心，平日裡弄得手忙腳亂，丟三落四的，自己一個人倒是習慣了，但有早餐人在一旁時，就顯得自己特別粗野，常聽到她對我說的話就是：「慢慢來」、「不要急」。她出門工作去，我陪著貓（倒不如說牠倆陪我，常要聽我嘮叨），家裡沒大人似地野，餐桌書桌茶几到處散漫著書本紙張雜物，到了傍晚，算算時間，我就開始像小學生趕著交暑假作業似地急，七手八腳收拾家裡，不想阿早回家見了心煩。

她晚歸時也晚睡，我十二點一到就要睡覺，早睡也就早起，醒來就要吃，自己張羅吃的，吐司煎蛋，熱豆漿，胡亂吃下肚，阿早起來後，她也給自己做份早餐，我肚子還留有空位，知道有好料，「讓我吃一口嘛」地纏。

見她一人安靜地，緩慢地，一點也不忙亂地把早餐放上桌，慢條斯理地吃著，她真是文雅，即使只是自己要吃的，她也做得用心，我傻傻望著餐桌那一角，覺得她這人所有全部都像存在於與我完全不同節奏感的時空裡，只要不望向有我的地方，一切如此安靜恬美……然後望向有我的這邊，啊……亂，吵，急。我想，日常裡她跟我一起生活一定很辛苦啊……沒辦法啊，這就是夫妻。

武大郎快醒醒吧！我是在喊我自己，雖然性子躁亂，但我的愛是真的啊！廢話別多說了，還是快去收拾東西吧！看你滿桌垃圾的……

前女友的菜單

昨日晚餐，照例地逛市場時阿早都不會先透露菜單，或許她心中也沒有菜單吧，只說了：「今天來吃番茄炒肉吧！」買了絞肉、板豆腐、小黃瓜與青蔥，「還要買檸檬。」她說，我們又折回去買，看見柳丁很漂亮，也買了些。

她做菜時，我拿了椅子在一旁坐，兩人就聊起來。

「每個前女友雖然不是特別會做菜，但每個人都教給了我一兩樣家傳的拿手菜。」阿早說，比如今天要吃的番茄炒肉就是第一任女友家傳的雲南風味，不過當時吃到許多香料，阿早用手邊可以找到的替換了。

看她把青蔥切碎（不同等級的碎法，因為有不同的用途），薑跟蒜頭也這麼處理，她大盆子裡放進青蔥與薑末，絞肉也倒一半進去，然後打開豆腐……「你一定不知道我要做什麼對不對？」

我努力地想，好像有點印象了，豆腐加絞肉？

「豆腐丸子湯！」我大喊。

對了。

阿早一邊捏丸子，我們繼續聊天，「豆腐丸子湯也是在第一任女友家裡吃到的。」她說。

一邊把丸子跟薑片在湯鍋裡燉煮，一邊做著醃小黃瓜，加了砂糖、白醋、蒜頭，稍微醃過就可以吃。「這也是某一任女友教的。」她說。

「那我貢獻了什麼呢？」我說，我一樣拿手菜也沒有。

「好吧，那U的筍仔飯算你貢獻的。」阿早說。呵呵，U是我的第一

任男友，相識幾十年了，像親人一樣，阿早也與他相熟，阿早教他醃小黃瓜，他教阿早做筍仔飯。

我也回想以前的情人們做些什麼菜給我吃，阿早開始做番茄炒肉的時候，我沉溺於回憶裡……真可惜我什麼也沒學起來。

切上新鮮香菜，淋點檸檬汁，番茄炒肉啊，拌麵配飯都很棒……我想起第一次吃到這道菜，是我們在花蓮結婚的時候，海邊的民宿，共用的簡單廚房裡，颱風剛過，我一直擔心著冰箱的菜不夠吃，阿早就做了番茄炒肉拌麵，在海邊的小屋，端著大碗吃著，那時我就想，嗯，我想要跟這樣的人共同生活，想要一起創造一份我們的生活。

謝謝我們愛過，也愛過我們的人。

煮著辦

「今晚吃什麼?」我很少這麼問阿早，都讓她自由發揮，出門前她就把婆婆給的魚退冰，我們先去了松青超市，見她買了優格跟番茄罐頭，去洗衣店拿送洗的冬天夾克，摩托車繞回住處把外套放妥，優格入冰，又上路了，寵物店買貓罐頭，然後去黃昏市場。

買了綠色櫛瓜、綠蘆筍、小馬鈴薯，繼續往前逛，想買大番茄，香蕉伯最近不賣番茄改賣鳳梨，繼續找，市場裡人多，氣溫高，我並不確知阿早想買些什麼菜，也不問她，就陪著逛。

買到番茄就回程了。她問我:「要吃什麼蔬菜?」我心想不是有櫛瓜跟蘆筍嗎?她又說:「我是說葉菜。」好像聽見我的內在獨白，空心菜菠菜都可以啊，後來就買了菠菜。

我在客廳讀書，她在廚房忙碌，小小廚房是她的鍊金室，我偶爾進去窺探，也只能推測其一，聽見她說「上次買的香料有蟲子」，「怎麼辦？」我問，「那就不能照原計畫了。」她說。我確實不知計畫是什麼。

「其實我不知道要煮什麼。」她說。

「那怎麼辦？」

「煮著辦。」她笑說。

「一定很好吃。」我聞著香就嘴饞。「有時候也會失敗啊！」她說，「今天有加優格。」優格？沒概念。

原來做了蔬菜咖哩魚，香料是馬來西亞的朋友送的，我去陽台摘了九層塔，看到鍋裡還有菜，問她是什麼，她說是燉蔬菜，「明天可以沾麵包吃。」「今天不能吃嗎？」我問，她說也可以啊，「但我就是用這配料去煮咖哩魚的。」不死心的我硬是要了一小碗。

今天晚餐真驚奇，感覺家裡變成印度餐廳了。櫛瓜、南瓜、番茄、番茄罐頭做成燉蔬菜，加上優格與咖哩粉煮成的咖哩魚，簡直變魔術一樣好玩。

「下次再做給我吃。」我嚷著，這是新菜，我好喜歡。

廚房是阿早的聖地，我從不點菜，她也不問我要吃什麼，那就像我們生活裡的許多事物，我們不嚷嚷如何去愛，只是悄悄摸索著彼此的心，看起來非常自由，最後總是相近的。

就像吐司

「對我來說你就像這個吐司一樣。」我說。

「為什麼？」阿早問。

那時她正把切片的吐司逐一放進蛋液中，沾勻後放在平底鍋上煎，原本要煎四片吐司，但自己做的吐司質地紮實吸收了更多的蛋液，所以她發出「哇，蛋不夠了」的嘆息聲，我問她：「放了幾顆蛋？」她說：「一顆。」我就說：「那我吃一片就好。」

她繼續煎著吐司，「要吃熱狗嗎？」她問，我說：「好。」

「你就像這個吐司。」我繼續著吐司的話題。

她又問了一次：「為什麼？」

「跟其他吐司都不一樣，外表看起來有點鈍鈍的，很傻氣的樣子，但形狀又非常優美，而且吃起來味道很乾淨，是會讓人回味再三的味道！是全世界我最喜歡的吐司了！」我用誇張的聲音戲劇性地說。

「歐。」她把煎好的熱狗放進盤子裡。

「要吃果醬嗎？」她問我。

哼哼，完全沒有對我剛才的讚美做任何回應啊！

我就把早餐端出去了。

就像吐司一樣潔白又安靜的人。為什麼會配上很像鹹酥雞一樣的我呢？

（口味不用說當然是繁複又誇張，吃起來哇啦哇啦非常喧鬧的……）

這就是愛情吧！（愛情是巨大的謎）

在柴米油鹽之間

昨晚跟阿早去看了《愛在午夜希臘時》（怪名字）。電影裡的男女主角經歷了十八年，我們倆也十年啦！

「八十二歲的時候我們還會相愛嗎？」我問她。

「最好是可以活這麼久啦！」她笑笑。

「天氣這麼熱該吃什麼呢？」我問。

「晚上自己煮好了。」她說。

「那我們去買菜。」我大樂。

跟阿早逛市場經常是一種猜謎遊戲，她買了雞胸肉、黃豆芽、番茄、紅莧菜、薑，出門前我把上次的虱目魚肚拿出來退冰，我們又買了饅頭，然後阿早說要去買米的小店，見她逛了一逛又走出來，說要去另一家小雜貨店，我問她要買什麼，她說「粉皮」，我不知道粉皮是什麼，但老闆娘說沒有粉皮，於是又去逛超市，「只有寬粉。」她自語，我問：「寬粉不行嗎？」其實我不知道她要做什麼，「也不是不可以。」她說，於是我們又繞回去買寬粉。

她在廚房洗洗弄弄，我偶爾繞進去瞧瞧，發現她在拆雞胸肉，「要是有小幫手就好了。」她說，我趕緊接手拆雞絲，「我知道了，你要做雞絲拉皮。」她說：「對啊，因為你上次買的小黃瓜還沒吃。」「為了小黃瓜做雞絲拉皮？」我問，「而且冰箱裡有麻醬啊，前幾天吃涼麵還有剩下的雲南辣椒……」

沾了地瓜粉的虱目魚肚煎得好漂亮，番茄黃豆芽湯阿早說可以清熱解毒，雞絲拉皮做了好大盤，就當涼麵吃了。

飯桌上我想起昨晚的電影，十八年後的戀愛不再浪漫，卻有著唯有時光才能積累出的堅實情感，我們在柴米油鹽之間相愛，在最尋常的事物裡相依，我喜歡這樣的愛，充滿油煙味，是最真實的香。

你回來了啊

白日裡我們去花市裡買小盆栽、香草，還買了棵金桔，大包小包騎著摩托車回家。

到了路口先去超市買菜，回家後放好植物，阿早就進廚房了。

我餵貓，倒垃圾，收衣服。

七點半開飯。

多年以前，在那些始終不知道還能不能相見的時間裡，我從沒想過有一天我們倆能過著如此家常的生活，記憶裡總是狂熱的戀愛，火燒般的痛苦，以及分離後的悔恨。過去很美，現在很痛，未來在不知處。

晚上我去公園運動，回來時阿早正在陽台整理花草，陽台昏暗的燈光裡，看她擺弄著那些綠綠的小東西，就像夢一樣。

你總以為時間會沖淡些什麼，以為日常會磨損了愛情，你曾以為要如何怎樣才叫刻骨銘心，漫長時間過去，後來你才看到一種淡薄如夜雲的愛，那根已經種下很深很深，深得如同浮在水面上一樣，她只是輕輕說一聲：「你回來了啊！」你回說：「對啊！」

彷彿那就是永恆的回答。

踏實的活著

昨天好友來家裡晚餐，四個人就可以吃比較多樣菜，很開心。阿早下午就開始燉牛肉，然後我們趕著帶三花去看醫生，這幾個月指數都很穩定，令人振奮。傍晚帶貓回到家，我們倆趕著再上市場，買了牧草雞腿、高山種菠菜、絲瓜、蛤蜊、苦瓜、鳳梨醬、番茄等青菜，趕回家做晚餐。一小時裡阿早煮了鳳梨苦瓜雞，炒菠菜，番茄炒蛋，蛤蜊絲瓜，醃了小黃瓜，牛肉已經燉得很香了，七點半開飯！

今天我跟阿早各自用剩菜做了便當，中午吃過，晚上再下點花椰菜，煎個蔥蛋，又變成一頓晚餐，把剩菜都吃光的感覺真好。

比起年輕時的動盪勞苦，現在的生活令我感到幸福，或許因為感覺紮紮實實地在過生活，也認真地在創作著，雖然可以兌換出的東西非常之少，但那些從踏實生活裡長出的，都是最珍貴的花。

並不是人們說的那種小確幸，而是一種終於懂得分辨事物的價值，有能力將生活簡化，把美好的時光與心力都用在重要的人事物之上，深知一切獲得都必須付出嚴肅的代價，卻願意以平靜的心情去迎接，去承擔，然後感到生命確實的存在。

那與其說是幸福，不如說，是一種接近於勞作之後流汗的確實。

要乾煎？還是加醬油？

吃習慣自己煮的，阿早最近連上班都帶便當。

今天匆忙了些，因為要做炊飯，這個作法我知道，洗好切好的菇類（喜歡哪種就加哪種）、豆皮、紅蘿蔔、海帶，連同洗好的米加上適量的水，放進電鍋裡，按下炊飯鍵，記得蓋緊蓋子。

旗魚是阿早昨晚就拿下來退冰了。（我完全不知她何時做了這些事，也不知今天要做便當），「太太，你要吃乾煎，還是熗一點醬油？」她問。

我說都可以啊。

中午去超市我買了一顆花椰菜，「煮湯還是要清燙？」她問。

「清燙比較適合帶便當吧。」我說。

距離出門時間越來越近了。突然見到正在煎魚的阿早從廚房走出，走進了浴室裡。

「趁這個時間我先洗把臉。」她說。

「要不要我幫你顧著魚？免得焦了？」我急忙問。聽見魚在油鍋裡熱煎的聲音。

「看著就好，不要動歐。」阿早說。

洗完臉出來，魚正好漂亮地翻面。

「趁這個時間來擦乳液。」她又從廚房走出來。

「時間拿捏得真好！」我驚嘆。要是我的話，即使分秒不離廚房，也可能把魚燒焦的。（話說，我從來也沒煎過魚，感覺太刺激了，心臟承受不了）

「這個不是誰都會，小孩子不要學。」她笑說。

最後所有一切都準時地完成了，她還在出門前幫陽台的馬鈴薯跟九層塔澆了水，「馬鈴薯發出小芽了！」她開心地說。

她還沒出門，我已經在吃午飯了。

「人家都有愛妻便當……我的卻是自己做的，而且還要幫愛妻做便當。」

把便當裝進紙袋時，阿早笑笑無奈地說。
「你做的比較好吃啊！」我心虛地笑了。

冰箱

我時常納悶，為什麼感覺冰箱好像沒菜了，阿早卻還能做出兩人份的午餐？

「家庭主婦就是這樣啊！」阿早一邊說著，一面熟練地用布巾把便當包起來。然後我送她出門去上班。「陽台變得好熱鬧啊！春天來了！」阿早說。我也走出去看花。

九重葛開了第一朵花，茉莉克服了蟲害新生了綠葉，胡椒木、百里香、羅勒、櫻桃蘿蔔都各有成長，最叫人興奮的是番茄已經結了好多果子，一顆顆綠色的小果子，讓人期待它們長大變紅。

「我去上班了。」阿早說。

「晚上見。」我說著。

我們的生活就這麼地，隨著時光翻飛，四季轉換，踏踏實實，簡簡單單，一點一滴地生長。

高湯

星期六就買的雞腿肉用香料醃起來冰著，腿骨跟雞架子阿早花了好長時間熬雞高湯，放涼了用盒子冰起來，感覺有玄機。

星期一晚上把米浸了，用鐵鍋先煎雞腿排，然後把蔬菜炒一炒（可以依自己喜歡加入，阿早放了高麗菜、黃色彩椒、菇菇、洋蔥等，我也不確定還有什麼），放進白米、高湯，把雞腿肉置於上頭，直火炊飯。掀開蓋子的時候，哇啊！是香料雞腿燉飯！

新買了跑步鞋，說好了晚餐後一起去運動，我們走過長長的街，到國小的操場，九點了還有許多人在運動，阿早跑步，我快走，阿早走路時，我小小步慢慢跑，一直到學校員工騎著摩托車發出最後通牒，我們成為校園裡最後離開的人。

睡前洗碗的時候，都還回味著晚飯的香，阿早還談論著這個菜還可以怎麼改良，食譜是阿早在《今日的料理》日文雜誌上看到的，白盤子裡的黃色瓜類是櫛瓜，意外發現我們家附近的黃昏市場有賣，就時常去買。粉色的小菜是阿早醃漬的櫻桃蘿蔔（我們家陽台生產的），放了兩天，邊緣的桃紅色退掉，變成整個粉紅，還是清脆而酸甜，蔬菜都吃光，雞腿肉和燉飯我們省著吃，留了一半明天還可以帶便當。

幾年沒有到這個小學運動了，許多往事，那是結婚前剛生病的我，以及婚後最慌亂的時刻，還是一樣的操場跑道，無止盡地迴圈，我心中再也沒有鬼打牆似地糾結了，內心清爽如夜風吹來，還要走很遠的路。

簡單

我們生活簡素，阿早有空時都盡可能自己煮飯吃，陽台慢慢收成幾種蔬果香草，也都很清甜，這樣簡單的生活適合我們，但卻也不是一開始就能料想到的生活方式，這也是經過磨合，相互理解，互相扶助，逐漸建立的。

這一份如今從容的愛，穿過了幾層地獄而來，我想並不是因為我們遇到「對的人」，而是因為我們終於用了「對的方式去愛」，除了戀愛以外，我們也各自在生活、工作裡努力，對的方式是什麼，我覺得首先是自我獨立，關係平等，然後是給予彼此自由。

不要急，慢慢來，把自己照顧好，給自己空間，讓自己長成自己最舒服、喜愛的樣子，收成需要時間，需要等待，需要相信。

長良心

起床餵貓，已經連著幾天都被三花抱怨太晚起，確實這陣子也都無法早起寫作，餵過貓，吃片麵包，做了點雜事，聽見阿早在喊我，我就溜進房了。床鋪裡有一搭沒一搭地聊天，這時光是我們的嚕腳時間（很久以前養成的習慣，用腳底幫阿早推小腿，因為工作要久站，據說這樣嚕一嚕會很放鬆）。

「太太，你的良心是怎麼長出來的？」阿早問。

呵呵，真尷尬，我以前做了很多壞事，阿早都包容我。後來我長良心了，不再傷人傷己。

「因為年紀大了啊！」我說。

「年紀大了就會長良心嗎？」阿早又問。

「當然也不是，是因為有反省吧！」我說。

還有，要改過啊！

「你要吃一份沙拉嗎？」阿早做她的早餐時問。

「好啊！」我想起昨晚我們去超市買了好的橄欖油和起司，「我還要吃麵包。」正愁著午餐不知要吃什麼，乾脆再吃一次早餐吧！

「那你去陽台摘番茄。」她說。

沙拉淋上橄欖油跟紅酒醋，有小黑橄欖的麵包就是阿早做的佛卡夏，可以沾著沙拉盤底下的醬汁吃，放著起司的是好友阿啾送的桂圓麵包，也是絕配。

市場賣的牧草雞，雞胸肉買一大片七十元，可以做兩大個雞肉捲，剩下的還可以做沙拉，只是水煮就很鮮嫩，蘆筍也是跟熟悉的小販買的，一大把五十，玉米筍我們都吃帶殼現剝的，一包八十，可以做好多道菜。番茄雖小，皮薄甜美，自己種的吃起來更安心。

我們靜靜吃著早餐，每一口都很用心吃，果然是不當工作狂的我，才有心思享受食物與生活。

我想，所謂的長良心，是真正懂得同理、有能力理解他人，並且能夠在面臨選擇時，做出不自私的決定，我花了很多時間才懂得這些，忠於自我與實現自我的同時未必只能做出令伴侶傷心的事，有些事應該拉長時間來看，有些人可以只是偶遇、只當朋友就好。

而無論曾經做錯，或錯過什麼，即使你已經永遠失去那個人了，你依然可以期許自己在往後的人生裡，不再重蹈覆轍。

慢慢生活

吃了四天外食，終於可以在家裡吃阿早做的晚餐啦！

本打算傍晚去買菜，卻突然下起大雨出不了門，阿早翻翻冰箱，想了想，就開始動手準備。

我在客廳運動時聽見阿早炒菜的聲音，心想她今天要變出什麼菜呢？冰箱有我昨天買的雞里肌，半顆花椰菜，中午看見阿早把兩小塊鮭魚退冰，應該還有蘑菇跟雞蛋……我一邊做著深蹲、棒式等動作，邊想著晚餐的內容，肚子咕咕叫了起來。

平時阿早做菜時，除非她喊我幫忙，我都不進去廚房吵她，也不會問晚上要煮什麼，幾點吃飯，若我肚子餓了，就先自己弄點東西吃，其他都交給她發揮，阿早喜歡自己安靜在廚房裡專心做菜，我喜歡看她變魔術一樣變出我料想不到的菜色。

「媽媽都是這樣啊，冰箱有什麼變什麼。」她說。

雞肉煎香半熟跟洋蔥、青豆一起燉煮，起鍋前再打個蛋，花椰菜燙熟，鮭魚抹上鹽麴烤過，把肉拆下來放在蔬菜上。蘑菇跟洋蔥一起炒軟，最後配上從火鍋店買回來的店家自製泡菜，沒有買菜的日子，還是可以吃得很豐盛啊！

飯後我把碗洗乾淨，泡蕎麥茶給她喝，像尋常日子裡的許多時刻那樣，一起吃頓飯，各自去做事，在同一個屋子裡，不一定非得一起做點什麼，這是我年輕時無法想像的生活，簡單，寧靜，有什麼難以言喻的親密，卻又那麼清淡，像夜色慢慢融入了屋裡。

慢慢生活。

櫃子打開後

今天跟阿早的家人去一間北投的廟宇祭拜祖先，阿早的爺爺奶奶與父親的骨灰都安葬於此，四周清靜和美，天氣涼涼的，很舒服，燒紙錢時，婆婆事先都把紙錢折疊好裝進寫有名字的紙袋裡，她把要給阿早爸爸的那個袋子交給我：「要叫爸爸來領。」我在心裡默默喊了爸爸，眼睛覺得熱熱的。

婆婆與阿早的弟弟們都對我很好（事實上是他們整個家族、婆婆的好友們、甚至連阿早的同學只要是見過面的，都很照顧我），感覺連在天上的親人也都默默地保佑我們，這真是一件奇妙的事，出櫃之前，我與阿早都跟家人有些難以言喻的疏離，這是許多未出櫃同志的相同處境，並不是不愛或不在乎家人，因為隔著那層「無法對他們說明」的感情狀態，使得自己的人生，有一大部分是在家人面前無法訴說的，即使彼此有不說破的默契，卻也難以進一步親密，等到我們出櫃了，可以自在自然地跟家人相處，更常回家，話題裡也沒有禁忌，那個隔閡自然被打破了，這是多年前我們顧忌著不讓父母擔心時，不曾料想過的美好境遇。

下山後我們一群人去吃了午餐，回婆婆家聊天，晚餐後我與阿早、婆婆跟弟弟一起去花博附近，阿早跟弟弟抓寶，我跟婆婆去公園健走，圓山一帶天空特別寬闊，感覺心情跟視野都敞開了，婆婆的腿力好、身材也好，她走了五圈，我只走了四圈。阿早在弟弟的指點下又增加了抓寶知識，今天抓了很多寶貝。

當你不再只是激烈地渴求被愛，不再只是急切地逃避或躲藏痛苦，而是靜定下來修補自己，願意為某些人事物長久地、堅定地付出，當你的心不再是黑洞，不再把自己當作怪物，不再以為旁人必然只會排斥、嫌惡、傷害你，而必須先把爪子張開以求自保。當你慢慢懂得選擇、逐漸能夠接受失落，開始有能力面對挫敗，當你可以平靜地看待生命裡那些難以解釋的悲傷、遺憾、後悔，你會在鏡子裡看見自己可親的那一面，也會在人群之中分辨出那些善意的眼睛，你自身能夠發出柔和的光，也可以感受到來自他人的溫暖，你若有能力愛人，也必然會被愛。

中年症

中秋節原本要幫婆婆跟弟弟慶生，沒想到颱風來攪局，結果還是婆婆下廚做了菜給大家吃，真是不好意思。

颱風天我們倆的晚餐，本以為冰箱沒什麼青菜了，一小盒梅花肉片，一些根莖類蔬菜，一小把蘿蔔葉，阿早做了深夜食堂的豬肉味噌湯，從婆婆家拿回來的煎鮭魚剩下一小片，阿早加了青豆跟雞蛋炒在一起，風味很好，蘿蔔葉可以做雪裡紅（以前她做過幾次，都很好吃），但這次她直接清炒，略帶苦味的清脆，非常「蔬菜」。

早餐的饅頭是婆婆做的，她給我們酪梨，叮嚀說：加上美奶滋跟肉鬆，就很好吃。

以前阿早總是用酪梨、番茄、洋蔥等做成莎莎醬，這次是採用婆婆的吃法，我還是第一次這麼吃，美味！（大家可以試試看，酪梨真是好東西。）

最近的生活裡我跟阿早各自跑了趟醫院，我是原本就有慢性病，阿早則是因為眼睛一眼近視一眼遠視，加上新來的「老花」，弄得她眼睛容易疲倦，有時還會因此頭痛，「中年」開始在我們家出現一些症狀了，從青年一起走到中年，一起適應身體各方面慢慢地衰老、磨損，有時細想人生所謂伴侶，除了風花雪月，更多的是這些實實在在的身體病痛、不舒服，而耐性等待、適應、接受的過程中，不驚不懼的陪伴。

細水長流。

眼鏡

經過眼科醫師建議，我陪阿早去配了眼鏡，因為既有遠視、近視跟老花，後來配了兩副眼鏡，一副看遠，一副看近，看近的是老花眼鏡，沒看過阿早戴眼鏡，覺得很新奇，回家的路上，我總是偷偷瞄她，讚美她戴眼鏡好看，「感覺好像有一個新的愛人了！」我笑說，「有這麼不同嗎？」她問我，我說是啊，一戴上眼鏡，變成另一個很熟悉又有點陌生的人。兩個我都喜歡。（近視眼鏡又是另一種風味了，所以有三個阿早。老夫老妻啊，總想著辦法變花樣。）

一起搭公車回家的路上，我想著，現實生活裡，戀人們倘若能夠帶著不斷更新的眼光看待對方，就不會有因為太熟悉而覺得煩悶、無聊甚至習以為常的景況了，就像我們冰箱裡的食材，經常都是類似的，但阿早總是可以變出新花樣，「因為我有用心啊！」她常說，雖然她從不會宣布晚上要煮什麼，但她總是知道冰箱裡還有什麼食材，需要買什麼，不買的話，可以做怎樣的變化，「你一定不知道冰箱裡還有這個對不對？」她說，比如剩下半個番茄跟豆腐，煮在一起，她就加了一點點麻辣醬增添風味，燙蔬菜，加一點白蘿蔔片、海帶芽，風味就不一樣，鯖魚則是烤一烤就很美味了，米飯裡的地瓜是金山的，鯖魚跟地瓜都是婆婆給我們的。

我們的生活裡幾乎都是這樣的小事，一起去挑眼鏡、配眼鏡，跟「戴著眼鏡的阿早」挽著手搭公車，在車站遇見讀者，讀者問阿早：「什麼時候要出食譜書，我一定買！」阿早害羞地笑了：「但是我沒有寫食譜。」

是一些生活裡細碎的小事，因為珍惜，印在心裡，就成了綿長的、嶄新的風景。

我們

前幾天好友們來家裡聚會，阿早做了好多菜，煎牛排、燉蔬菜湯（番茄、洋蔥、茄子等蔬菜裡神奇地加了一條辣腸，超好喝）、炸可樂餅（婆婆親手做的可樂餅，仔細地包裝好讓我們帶回家，好友們吃了紛紛大讚：「太好吃了！」「可以拿去賣了！」「這是我五年來吃過最好吃的可樂餅！」……阿早開玩笑說「以後要去擺一個賣可樂餅的攤子」）、蔬菜沙拉（菜市場裡跟婆婆買的番茄意外地香甜可口，蘋果是有機的，可以帶皮吃），煎白帶魚看來普通，但卻是婆婆送給我們非常新鮮肥美的白帶魚，完全沒有腥味。雞里肌先醃過再煎，下面鋪著蘑菇炒洋蔥，另一盤燙青菜就是茭白筍、花椰菜跟海帶芽清燙加鹽。整頓晚餐我最喜愛的，是阿早做的栗子飯，傍晚一起逛市場時看見阿早頻頻回望某個攤子，問她怎了，她說：「看到有賣剝好的栗子，可以來煮栗子飯。」栗子熱水燙過、去掉皮膜，放進白米與藜麥照平時一樣煮飯即可。

我們平常大多是兩菜一湯，吃得簡單，也是託朋友的福才有機會一口氣吃這麼多食物。

大家吃得開心、談得暢快，我們家很久沒有招待客人了，這樣的夜晚特別溫暖。

我腦中時常浮現四個字，歲月靜好，而這四個字看似恬靜，卻不意味著絕對的安穩，在我與阿早和饅頭的兩人一貓世界裡，代表的是我們面對各種挑戰、困難與無常變化之際，心中給自己安住的一份心願，無論什麼樣的生活，都一起堅強度過，無論經歷什麼動盪，我們都是我們。

咳嗽

今天阿早說：「我好像好了！」（還有些咳嗽，但已經沒有發燒）就背起球袋，準備去打壁球，「太太，要不要跟我去走走？」她問我，我說好，連忙收拾東西，我們一起去了運動中心。開刀後這是我第一次去運動。

天氣真好，陽光曬一曬，病毒是不是也會消散呢？阿早生病的日子，我也覺得懨懨地，阿早精神好些，我也快樂起來。

雖然偶有咳嗽，但阿早體力確實恢復許多，看她獨自練球的模樣，感覺她終於變得開朗了，真為她高興，反倒是我的體能還是不行，跑起來會喘，就走走路，做些伸展，傷口的地方還是會疼痛，但手臂可以舉高了。

運動完，我們去吃飯，前一陣子阿早食欲不振，吃了好幾次稀飯，每到吃飯時間光是想要吃什麼都頭痛。今天一時間也不知道該吃什麼，「就逛逛吧！」她說，「今天是中和一日遊。」我們騎車到處閒逛，發現了一家沒吃過的麵店，決定嘗試一下，意麵跟小菜湯品都好吃，算是意外收穫。

吃完午飯回到家，陽台上的植物都長得好茂盛，陽光灑進屋裡，貓還在熟睡著，就這樣尋常地生活，是最好的了。

我願意為你歌唱

非常悲傷的時候，我總是說不出話來，像昨天長長的一日，坐在電腦前，在公車上，盯著各種直播畫面，看場裡的角力，看場外的抗議，聽見許多人義正嚴詞地說著許多不可思議的言論，那些赤裸裸的歧視、醜化、恐嚇，我看著披著、拿著彩虹旗的同志們在那些近乎瘋狂的群眾裡，許多悲哀的往事浮上心頭。

我自己是在出版第一本書時，幾乎就算出櫃了，然而在生活裡很多場合中，凡是被問及結婚了沒？有沒有男朋友？我都含糊帶過，我一直認為那是我的隱私，不需要跟陌生人交代，然而很久之後我才驚覺，大膽如我，內心仍然無法在確認安全的場所裡自然地說出自己是同志，那時我對自己非常失望，然而日復一日，我還是用這樣的模式生活，我把自己一分為二，小說家陳雪，同志，但現實生活裡的某某，「人家認為我是什麼就是什麼，方便就好。」

第一個女友曾經長期住在我家，與我家人關係很好，親戚鄰居也都見過，當時我尚未跟父母出櫃，只跟弟弟妹妹談起。那時我弟弟正在讀高中，一次回家，聽他說跟人大吵起來了，為的就是同志的議題，我心裡很激動也很感動，因為連我自己也不曾為了「同志」的議題跟誰大聲辯論過。我把這個部分關在小說裡，侷限在「文學界」、「同志圈」。

直到與阿早結婚後，我們上過非常多平面媒體，出過書，拍過封面照、生活寫真，在臉書上書寫日常生活點滴，我始終覺得這是一種現身的方式，我想用一種持續的行動，把我們的生活、情感、處境，以最簡單的方式寫出來。

這六年多來，我進過許多次醫院，開刀兩次，十月份開刀前，我跟阿早討論了很久，一直懊惱自己總是拖著拖著沒寫遺囑，也沒把僅有的一些資產做好仔細的分配，我們討論許多事，「萬一」如何，我越說越發現自己過去實在太逃避，就目前的制度來說，我名下所擁有的一切，在我死後阿早全然無法承繼，這是那些雜誌封面照、寫真照、書本、講座都沒辦法給予我們的，我們倆擁有那麼多臉書朋友、讀者，有幾萬人可以見證我們的愛情、家庭關係、婚姻關係，然而，在法律上，這什麼意義也沒有。

手術前一天，護理師告訴我必須要有家屬在場，我問她：「伴侶不行嗎？」她說：「要有親屬關係。」我沒有據理力爭，只是打了電話給弟弟，他說開刀前他會到場。

稍晚阿早來醫院看我，她把婚姻註記的證明帶來，當時已經換了另一個護士，我重新跟她說：「因為，我們是，同志伴侶……」

事情後來順利解決了，但阿早對我說：「我發現你沒辦法很自然地說出，同志伴侶這幾個字。」我刷地臉紅了。

這是我內心連自己都無解的脆弱之處，而在那時，我腦中跑馬燈似地閃過無數個畫面，想起多少次我在所謂的「一般人」面前我是如何偽裝、閃躲、隱藏自己的性傾向，年少時我曾經對朋友謊稱我的女友為「男朋友」，我在一次長達四天的採訪旅程裡，從頭到尾都用男性的方式描述我當時的女友……而那些畫面，在我心裡鑿開一個一個洞，一直使我內疚，責備自己。

直到昨天，我觀看著那些立法委員、宗教團體、以及自認為在守護家庭價值的人，他們激烈的發言，我心中那些被鑿開的洞突然都變成一隻隻明亮的眼睛，是的我曾經怯懦，但那是因為我知道這個世界不安全，這世界上還躲藏著太多可能會突然出現來攻擊你、醜化你、污衊你的人，我從很小的時候早就懂得了身為貧窮的人、身為雙親不在身旁的孩子、身為「弱者」，是多麼容易成為「被侮辱與被損害者」，而到了大學一年級，某一天開始，不知什麼緣故，學校一群住在男生宿舍的男學生幾乎每日地站在我要去吃飯必然會經過的地點，他們會從宿舍窗口，大聲喊我「江南，江南」，我不知道那是什麼意思，但我見過他們也是如此喊過一個身材壯碩的女生：「象腿，象腿。」

那時，吃飯成為我最痛苦的事，「江南」兩個字變成可以擁有無數醜陋意義的化身。我多次差點想自殺，幾度要休學。

因為一次活動認識了那個宿舍的其中一個男生，那之後他總是約我去散步，我們沿著校園走很久很久的路，然後到學校前面的草皮上，各自唱著歌，直到天黑。他總是唱陳昇，我則是什麼歌都唱。

每次我們都約在他們宿舍對面的馬路上，我的身體總是因為恐懼而發抖，我會看著他從宿舍大門走出來，背後傳來訕笑的聲音。他從容地走著，高大的身影，直直走到我身旁，開朗對我一笑：「去走路！」

後來他跟我說，「我會約你出來，就是看不慣他們把你說成那樣，你是一個那麼好的人。」我才知道是因為某個女生編造了些我「不道德」的謠言，所以那些男生非常討厭我，故意要戲弄我，或許是為了保護我吧，他沒有將大家對我的謠言仔細說出來，「你要記得你是非常好的女生」，他只是這麼說。後來我知道了，「江南」是指「江南第一才女／醜女」。

我們沒戀愛，他喜歡的是另一個女孩，然而那幾個月的時間，那些保持著距離不斷往前方走去，讓寬闊的風景取代無止盡的恐懼，一直走到筋疲力竭，最後在草皮上躺下來，我總是閉著眼睛，大聲地唱歌，當他唱歌時，聲音非常乾淨，我不知道他對我是什麼感情，我想他只是比較有正義感，然而，那樣的正義感，為人挺身而出，真的可以挽救一個走向絕路的人。如果沒有他的陪伴，我不確定自己可以活過那一年。

我生命裡很多次都遇到這樣的朋友，我才得以一次一次逃過生命的劫難。

我想說的是，今日起，我要努力成為可以挺身而出的人，我要堅定地說出「我是同志」、「我們是同性伴侶」，並且在生活裡認真地貫徹，面對周遭那些可能還會更加凶猛的攻擊，我希望我也能為某個人，持續地歌唱，但願所有的同志們，至少要為自己歌唱，要守護自己的靈魂，要在最艱苦的時刻，知道我們的心是自由的，愛也是自由的，我們就是美麗的，希望所有對同志友善的人們，也像那個男孩一樣，在你的生命中，看到有難的同志（或其他人），都能伸出援手，為他唱歌，或多或少地守護著他。

讓我們一起歌唱，走路，生活，創作，陪伴，堅持，守護，繼續做所有該做想做的事，穿過最黑暗的時刻。

為什麼同志要結婚

我們倆當初結婚，就是在花蓮民宿，風雨交加的颱風夜，握手盟誓。後來好友幫我們補辦了婚禮，也只是穿上好友的白洋裝，頭戴花冠，在民宿房間舉辦簡單的儀式，當時的過程有拍攝下來，這張照片也是在那時留下的紀念。許多同志跟我們一樣，只是交換信物，私訂終身，也有人舉辦或大或小、或簡單或隆重的婚禮，即使知道在台灣同志婚姻尚沒有任何保障，也不知道何時才會合法，但依然想要與自己愛的人許下共度一生的承諾。這是愛，愛需要的是真心，不是保障。

然而，人是這樣活生生會成長、會衰老、會變化的存在，兩人用盡自己一生的時光守護、陪伴、理解另一個人，當面臨疾病或死別，你會想要除了在精神意義上繼續守護你的愛人，你更希望在你離開後，他能受到保護，這個保障不是從他人之處掠奪而來，僅僅是你所擁有的，你們曾經一起建造的，要延續給他。這時，私訂的終身保護不了你們，真摯的祝福保護不了你們，相反的，那些鐵錚錚的法律會來介入，會來搶走、奪走你們兩人共同努力建造的家，你們的積蓄，以及你們因為互相陪伴這一生所累積的點點滴滴，在殘酷的法律面前，什麼都不是。所以同志需要婚姻，合法的婚姻。

有人說，如果有愛就可以，那為什麼兄妹不可以結婚，父女不可以結婚？為什麼小三不能結婚？如果有愛就可以，民法可以修改，那人獸交也可以，亂倫也可以。我想回問的是，那麼你認為「你作為一個異性戀」，是為什麼可以結婚？因為你正常嗎？你更道德？因為你是天生自然？上帝的選民？因為可以延續後代？不，異性戀可以合法結婚，不是因為你更優越、更正常，只是因為法律許可。

小三與亂倫的問題，涉及更複雜的社會制度與倫常，這不是同志應該來解釋、來擔負的責任，法律是人定的，民法多年來一直都在修改中，許多年前，不只同性戀被歧視，甚至連異性戀的「自由戀愛」都還是不被家人、社會風俗允許的，過去時候，「跨越種族的婚姻」也是違法的，在早期台灣，本省外省之間通婚，也會受到家人阻礙，甚至連年齡相差「三、

六、九」的歲數都是禁忌，「同姓」之間想要結婚也得經過一番家庭革命。婚姻的定義與相關的法律一直在改變，一直在修正，這是人類可貴的地方，我們懂得反省、調整、思考，我們有能力透過制度，透過後來的民主、法治，來抑制心中的偏見（比如對歲數相差三六九，或同樣姓氏相剋的迷信），並設法克服心中的歧視（比如美國之前的黑白種族禁止通婚，比如台灣本省外省之間的相互排斥），這些法律的修改，往往可以起帶頭作用，在社會民心還沒有整體改變之前，先做好保護，保障那些因為各種原因受到不公平待遇的人。法律應該是站在社會風俗之前的保護傘，在這個保護之下，人人平等。當人們逐漸習慣了這些，民風自然慢慢改變。

更久以前，不是一夫一妻之度，婚姻是媒妁之言，是家長決定，很多時候，結婚之前，新人根本沒見過面。要嫁給誰、娶誰，不是自己說了算。這些如果沒有改變，異性戀者可以得到現在這樣的婚姻與愛情自由嗎？

這些社會風俗不也是在一次一次的民法修改中，漸漸化約為生活日常，浸潤人心，產生變革。為什麼反對同婚的人對人類如此不信任，不相信我們可以把民法修正得更完善、能保障更多人的權益，而不是在修正的過程犧牲或剝奪了異性戀的權益，帶來動亂。

許多人拿國中國小的「性別平等」教育大做文章，刻意選取某些片段來誤導社會大眾，認為這是同志勢力的入侵，是教小孩性解放，然而，做父母的人卻忽略了，國中與國小，正是孩子最容易受到欺負、霸凌的年齡，到了小五小六，也是性徵開始的時候，這些性別平等教育，並不是在「教導孩子變成同性戀」，有很多根本不是同志的孩子，只是因為身材文弱、或氣質斯文，就被嘲笑「娘娘腔」，這些欺負人或被欺負的可能就是你的孩子，性別平等教育最重要的前提不是性，或同性，而是「多元、差異與平等」，是要讓孩子們通過理解這世上的性別光譜，才不會因為無知而任意欺負看來比較「不典型」的人。現在的小孩發育得早，因為網路、媒體各種資訊的來源，對於性的理解往往來源混亂，所以必須讓小學生認識「性」，在基礎的性生理知識上，更進一步的提醒孩子對身體的理解，進而可以掌握、保護自己，是要在他們還無法保護自己之前，先對性有所理解，才知道如何在發生疑惑或問題時尋求幫助，「禁止孩子接觸性」並沒辦法防止未成年人發生性關係，給予他們正確的性教育，才是保護他們最好的方式。

回顧人類歷史，人類因為各種理由互相壓迫、殘害的例子，不可勝數，當我們走過奴隸制度、黑白隔離、種族屠殺、省籍情結、威權統治，我們是那樣地一代一代努力在反省人類犯下的錯誤，如何在這一代避免，如何補救，如何改善，我們正在努力成為更好的人，並且希望下一代能活得更自由、更寬闊，當「同志婚姻」這面照妖鏡出現時，我希望這是一面可以普遍映照所有人的鏡子，包括我自己，從鏡子裡我們看到了什麼呢？

最後我要對親愛的同志朋友們喊話，最近有許多朋友寫私訊給我，沮喪、憂鬱、憤怒，甚至也有因為看到這些反同恐同的言論與抗議，重新喚起生命裡的創傷，感覺受到威脅與恐懼，也為將來感到絕望，甚至想走上絕路，同志不需要烈士，因為已經有太多人因為自己的性傾向而死，因為帶領我們走到今天的，就是無數因為受到歧視、迫害、霸凌的人，是那些因為無法認同自己，無法得到認同而苦苦掙扎的人，因為更多即使生活在孤寂痛苦中，也努力為同志人權積極奮鬥的前輩，這條路上已經鋪滿了悲傷的屍骨。

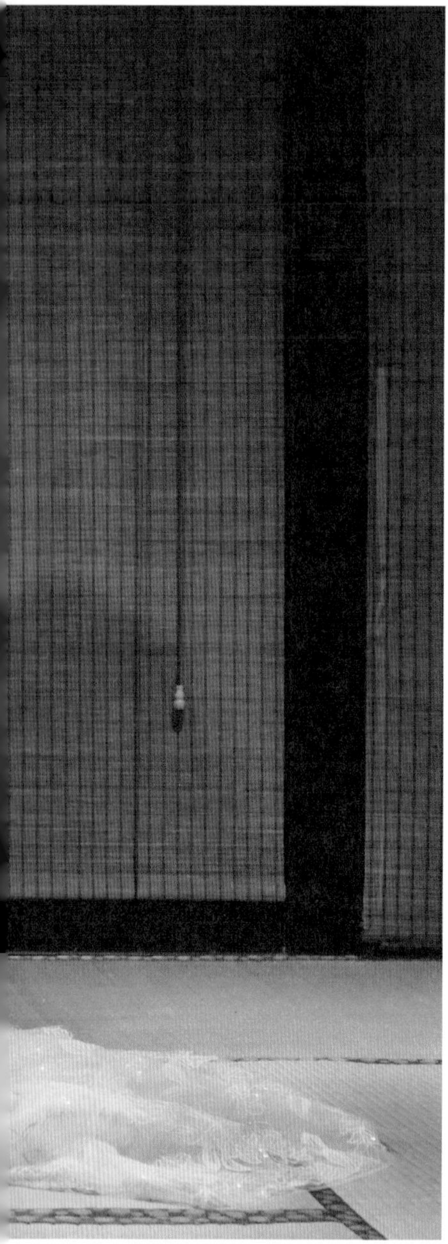

我祈求不要再有人因自己的性傾向而死，唯有活著，我們才得以為自己、為其他同志、為將來的同志，走出這條路，這是一條漫漫長路，唯有堅持、勇敢、堅定，才得以改變、有機會去改變。

MICKEY

第二部・這是我太太

這是我太太

上週六回婆婆家吃飯，在捷運上碰到一群白衣人，他們看到阿早就一直瞪著她，後來阿早說起了小時候的事，小學時老師要大家排隊，男生一排、女生一排，阿早在女生隊伍乖乖排好，老師卻說：「男生是在那一排喔！」阿早說：「可是我是女生。」老師沒有惡意，只是弄不清楚阿早的性別。

然而，學校裡有個男孩，時常見了阿早就用「不男不女」以及一些台語裡用來形容陰陽人的話語嘲笑阿早，不知道那人是什麼心態，阿早說心裡不免感到難過，如果遇上了就不搭理他，趕緊回家。

前幾天我們在樓下倒垃圾，有個阿婆突然問阿早：「你是男的還是女的？」阿早說：「女的。」婆婆就問：「那你怎麼剪這麼短？」阿早說：「運動方便啦！」稍微聊聊之後，後來婆婆有跟阿早說：「不好意思啦！」

不知道阿早這麼多年的生命裡，遭遇過多少「你是男的還是女的？」、

「不男不女」，或者「為什麼要穿這樣」、「幹嘛剪這種頭髮」……這些疑問、注目、甚至批評，就是她的日常生活。

阿早說起往事，語氣並不憤怒，她說，只是沒想到，到現在這些事依然會發生，使她心裡感到悲哀。

她說長大後曾遇到以前欺負她的那個男生，兩個人打了招呼，阿早說她可以感覺到對方心裡有些歉疚，很真誠地跟阿早說話，或許那人也知道自己當時的作法不對吧，不再欺負人之後，他似乎變成了一個好人。

阿早語氣平淡說起往事，但她說，「雖然曾經被欺負，但還是覺得自己好幸運，因為我的家人、親戚、同學、朋友，都支持我，覺得自己被很多人愛著。」「只是希望這樣的事，以後不要再發生。」

我們二〇一一年結婚消息見報後，就開始了一連串的出櫃，先是阿早家族的人發現，然後跟姑姑們講，姑姑去跟阿早媽媽說，而後姑姑召開了家庭會議，姑姑說本來是要辦正式酒席的，但怕家族裡還是有些人有點意見，所以兩位姑姑（都七十歲了），特地請了我跟阿早去飯店餐廳吃飯，我永遠不會忘記初次見面時，姑姑們立刻站起來，握我的手，給我紅包，說：「歡迎你來到我們家。」還熱情地擁抱我。後來在婆婆家吃飯，談起這些事，婆婆突然感性地說：「媽媽很愛你，我只是希望有人照顧你。」聽完阿早就淚奔了，媽媽也哭了。我立刻說：「我會照顧她！」

後來阿早帶我去參加小學同學會，跟老師同學們介紹我，她小時候最好的朋友，訂製了銀飾給我們當結婚禮物。阿早以前的員工聚餐，她也帶我去，現在工作的地方，大家也都知道我，如今，阿早各個階段的同學朋友，即使連最近才認識的球友，阿早也大方說：「這是我太太！」

我總是認為愛會比恨更大，然而愛需要灌溉，需要我們時時注意內心的變化，不能被外界的挫折打擊而失去心中的真純。不要去恨。

因為恨意會生根發芽，將人扭曲，恐懼也是，所以無論遭遇怎樣的批評、欺侮、歧視，我們能做的，是更堅定地做自己，並且相信自己，將那份屈辱、傷害，轉化為力量，這樣的力量可以發揮在許多地方，越是被打壓，我們越要勇敢生存。要讓往後的孩子們，不管什麼性別氣質、性傾向，都不再受到差別待遇，不再被嘲笑、排擠、凌辱，不讓悲劇重演，這才是我們最希望的將來。

孩子你們並不孤單

昨天我們一點半到台大時已經很多人了，阿早因為跟劇場的朋友說好要穿西裝，於是就買了生平第一套西裝，我從沒看她這樣穿過（結婚時她也只穿平時的白襯衫而已），覺得好挺拔！帥氣！

因為下午要上台說話，我們繞了遠路進去舞台後方，後來很幸運在前面找到了位置，安靜地看台上的演說跟歌唱。

阿早正在緊張要說什麼的時候，媽媽突然傳了簡訊，她看完拿給我，我看了，兩個人都哭了。

阿早說，他們家人是不會把「愛」字掛在嘴上的人，然而媽媽的訊息裡傳來的，卻是每個人子都會感動落淚的真情。

結婚前，阿早就知道我身體不好，結婚後，我又經歷了幾次危機，進了兩次手術房，十多次住院打針治療，中間還有一度差點爆肝。

這些時光裡，開刀時，婆婆跟弟弟帶魚湯來醫院給我吃，平時節日回家，媽媽做菜總是做一兩道我愛吃的，以前我沒發現自己愛吃白蘿蔔，但婆婆發現了，我不能吃糯米，所以每次她煮油飯包粽子，都會特別準備白飯給我吃。今年因為身體緣故心情低落，婆婆總是安慰我：「一定沒事的！」在我心中，她就像我的媽媽。

同志想要成家，並不只是為了拍美美的婚紗，辦喜宴，度蜜月，而是為了組成一個家，為了讓彼此不只在約會中，也要在生活裡、各方面相互照顧，參與對方的人生。許多同志因為性取向選擇隱藏，因而也跟家人疏遠，若同志婚姻合法，雖然無法一時間改變所有人的觀點，但擔心孩子將來沒人照顧的父母，可能就會比較安心，有些爸媽不是因為反對而反對，他們只是擔心自己的孩子要走上坎坷的路，那麼就更應該站出來，幫孩子們把路鋪平，將來的同志朋友們，知道長大後可以結婚，心中就不會再有「我們沒有未來」這樣的恐懼。

太多次收到讀者的來信，女友對她說的分手理由總是：「我們沒有未來。」

二十二年前，北一女的學生們留下遺言：「這個世界的本質不適合我們。」那些因為家庭壓力分手後無奈地嫁人的同志們想著：「可是我們沒有未來。」

我不知道正在讀著文章的你身在何方，處在何種環境裡，但願無論如何都要有至少兩個出櫃的對象，這樣，你真實的自己才有機會展露出來，甚至，你才有機會遇到支持你的人。

過去這一年我曾非常低落，不敢想像自己往後身體的狀況，上次接受訪問時，突然被問到要跟二十年後的阿早說什麼，我竟然哭了出來，因為我無法確定二十年後我會如何？每次想到這點我就難受得不得了，我害怕我無法陪在她身旁。她要怎麼辦？

我只是因為疾病而擔憂，但多少老年同志，真實地面對的就是「隨時到來的生死別離」，我們不能等，不想等，不要等。

我們已經等待太久太久，忍耐太長太長時間，這些忍耐、等待，這些因為性取向帶來自我與他人、與愛人、親人的隔離，這些因為無法自我認同帶來的恐懼、自我否定、逃避甚至放棄，已經造成太多傷害了。

這次活動，不分異同，很多人都站出來，我期望，無論法案如何，我們都要維持這份動能，要把這股已經爆發出來的力量，在生活裡方方面面的實現，要去愛你的朋友，去為他人的幸福奮鬥，並且為自己站出來，再往前跨進一步，一步，慢慢往更開闊的地方走。

請大家不要忘了支持許多十多年來一直在持續做著教育、宣導、平權的團體，請繼續支持他們，參加募款活動，這些事是真正地在影響著我們，與我們的將來，而這些人默默地做事，堅持了快二十年，企望這不是曇花一現的熱情，大家動起來吧，我們還可以做得更多，還要繼續做下去。

晚上離開凱道時，微雨的街頭，還見到幾對情侶，包包上插著彩虹旗，他們或挽著手或牽手，安然地走著。不用躲藏、不會被敵視、不擔心沒有未來。

但願那就是我們的未來。

好棒棒
下午2:28
孩子們加油，媽媽跟弟弟都支持你
下午2:28
你們並不孤單，愛你們，要勇敢走來
下午2:32

即使世界改變得很慢，你還是得為自己奮鬥

大四的時候曾經與父親鬧翻，我當天下午就到學校附近的中餐館找打工，此後幾個月一直在那家餐廳裡，一天晚上四小時打工，沒拿父親的生活費，也沒有回家。

那時我不會騎摩托車，總是穿過校園、走下長長的斜坡，很遠的路程去到那家生意非常好的餐廳，每天一頓員工餐，是我吃得最飽的時候，打烊時，我們幾個服務生會把客人沒吃完的包子點心都打包分好，各自領走，那就成了我的早餐。

從那時起，我知道，要走自己的路，得先具備獨立生活的能力。

大學畢業後，因為不想考公務員或老師，只想寫小說，再度與父親爭執，雖然還沒找到工作，我也決定不住家裡，要到外地去打工。當時我還是不會

騎車，也沒有摩托車，是我弟弟騎著腳踏車帶我去找房子。

把自己安頓好之後，才有能力面對爸媽（無論是指責或支持）。

那之後與父母的關係時遠時近，原因難以細述，但我知道，就該是長大成人的時候了。

父母是我們無法選擇的，他們的觀念與我們不可能都是相同的，父母因為身為照顧者，時常會將小孩當作所有物，因為過度關心，變成了干涉，極端的例子裡，父母甚至會動用語言或行為暴力企圖「教育」、「矯正」自己的孩子。但我們可以選擇用自己的方式「成長」。方法有很多，但共同的原則都是要有耐心、要堅強，並且有長遠的計畫。

當你還在求學期間，經濟無法獨立，至少要有支持你的朋友，倘若父母對你的感情、生活或將來選擇的工作都有強烈的「反對」，你更要準備好「突破父母的干涉」，這個準備不僅是物質上的，更需要精神上的自我建設，大多數的人都希望自己能達成父母的期望，甚至使父母感到驕傲，對於自己選擇的道路是父母所反對的，甚至輕蔑的，不可避免會傷心難過，自我懷疑，或氣憤難耐，但你要仔細認真面對自己的心，無論是你的志業、愛情或人生道路都是你一輩子的事，倘若只是為了讓父母開心，卻違背了自己的心，將來你不會快樂，甚至要付出一生的代價。

把自己照顧好，為自己找到自己要走的路，活出真正的自我，實踐生命的價值，這些才是真正使自己也使父母光榮的，即使他們最後也無法理解。

假如不幸在某些時刻，被父母管制了，無法出門，一定要想辦法逃出來求救，即使沒有可以幫助的朋友，外面也有很多單位能夠幫忙，無論發生什麼事，先冷靜下來，即使父母說出最可怕、最傷人的話，要知道，那也只是他們的想法，別人的想法並不能論斷你的價值，即使他們手段激烈，無論是基於關愛或是專制，父母不是孩子唯一的保護者，當你的心壯大起來，你會知道父母有時也會犯錯，不必為了他人的錯誤懲罰自己。

作為一個同志，在漫長的生命裡，會遇到來自親人、朋友、同事甚至陌生人各種奇怪的批評、反對、阻礙、干涉，會因為性傾向而導致種種不便、麻煩，但是，這就是真實的你，要真正成為自己總是困難的，你必得為這件事奮鬥，必須為這個而成長、堅強，因為，即使世界改變得很慢，你還是得為自己奮鬥。

我在十二歲時第一次想要死，十九歲時覺得不可能再活了，三十八歲的時候以為生命已經把我折斷，健康與幸福都跟我無緣。但我咬著牙活下來了。如今的我，生命充滿著不可知的變數，病痛還是依然著折磨著我，但是，我比年輕時快樂，因為我知道我已經變得堅強，我有能力去愛，也有能力被愛，我不再是柔弱的小女孩，也不再只能自卑地躲在黑暗的房間裡。這些都是漫長生活裡，跌跌撞撞，摸索出來的體驗。

你絕對不是孤獨的，走出來或者逃出來，還有許多人跟你一樣在為自己的幸福、自由而奮鬥。

無論如何艱難，請忍耐一下，度過那個想要一了百了的時刻，穿過那片你以為看不到盡頭的黑暗，即使身體暫時不自由，也要設法忍耐，找到可以脫離的時機，讓我們一起活下去，因為活下去才能爭取機會、才有可能幸福、才能看到自由的那天到來。

讓我們一起活下去。

大家的好意

近日我們的早餐大多是這樣，麵包幾片，核桃少許（不加鹽的核桃，據說對心血管很有益處）、水果或沙拉、水煮蛋各一，以往夏天會做優格，冬天煮豆漿，如果我忘了泡黃豆，阿早照例喝紅茶，我喝白開水。

中午一個人吃飯，我多半吃素食，時常吃的有機素食店收掉之後，就一直苦苦尋找清淡好吃的素食自助餐，有時還搭公車去他們的總店吃，再走三十分鐘的路程回家，另外有家媽媽開的蔬食店也非常清爽，也得走很遠。前陣子發現我們家附近小巷子裡開了一家只有兩張桌子的素食店，清瘦的大姊一開始只賣芋頭麵線，後來才開始賣紅燒麵、便當，這個店鋪子小，幾年來各色店家開了又關，我發現大姊做的便當就像自家的飯菜簡單可口，白飯煮得很好，我一週可以連吃好些天，生怕她倒，認識吃素的人都要宣傳一下，今天帶著阿早去吃，她也說好吃。感覺吃過的人都變成熟客了，生意慢慢好起來了，我才放心了些。

午飯過後我們去散步，阿早說晚上要做肉骨茶，想去有機店買豆皮，就一路散步過去，附近巷子裡開了賣蛋糕的小店，去逛逛吧，但店裡大多是乳酪蛋糕，不是今天想吃的，我們又晃回家，把豆皮冰好，院子裡的小番茄都可以收成了呢，阿早稍微整理花圃，我們出去走走，「烘焙店附近好像有家蛋糕店，」她說，「一週只開幾天而已。」去碰碰運氣。

迷宮巷子裡晃來繞去，終於找到了蛋糕店，開設於尋常人家一樓，寬敞的院子裡有貓咪正在吃飯。

因為我既不喝咖啡也不喝茶，每回去店裡如果沒有合適的花草茶，我總是喝溫開水，因為胃不好，忌吃甜食，蛋糕一年也難得吃上幾次（大多是家裡有人生日），除非工作需要或朋友聚會，我自己是不會去咖啡店的，以前偶爾會陪阿早去，今天我們兩人在小店裡吃著蘋果派談天時，我覺得這樣的畫面已經好久不曾出現了。

我依然喝我的溫開水，吃一點點蘋果派，溫暖的天氣裡，聽著店裡播放的音樂，好像跟誰偷來了一個安靜的午後，忙碌了好長一段時間啊，平時各忙各的，兩個人的假期總也湊不上，好不容易可以休息時，就想跟好久不見的朋友聚聚，今天終於是我們兩個人單獨的約會了，是約會喔！

「到底都在忙些什麼啊！」我們感嘆著，其實我也才出院沒幾天呢，住院前我把手頭上的稿子終於都趕出來，才安心去住院的。

打包一個肉桂捲回家，再繞去麵包店買了明天早餐吃的麵包（現在我也都盡量找沒有奶油的口味），阿早說去烘焙店幫媽媽買饅頭紙吧，免得她總是辛辛苦苦地一張一張剪，逛著烘焙店時，想起好久以前阿早學做麵包的日子，許多時光流逝著，幸而我們還能這樣安靜地牽著手走路。

難得有時間好好煮一頓兩人晚餐，今天的晚餐食材是親友們的愛心大集合，舅舅種的高麗菜，媽媽給的山茼蒿跟紅蘿蔔，讀者送的肉骨茶包、朋友A自家種的玉米、好友B送的小農種植白蘿蔔、阿早的老闆娘送的香腸（熟識的小店阿姨自己做的）、師母給我的多穀米，阿早把這些食材做成了肉骨茶跟香腸飯，看來很簡單的食物，卻有著新鮮美好的滋味。我好喜歡這樣的食物（自己種的蔬菜實在太清甜了）。

阿早說：「把大家的好煮在一起，真是件十分美好的事啊！」

街頭

早上起床時，我對阿早說：「當同性戀好累，一個月裡竟然要走上街頭三次！」

嘴上雖說累，但還是趕緊出門了，因為昨晚有點失眠，晚到了些，到現場的時候人已經占滿了道路，我們跟朋友們找了地方席地而坐，都有要坐到傍晚的心理準備了。

中午的時候正準備要輪流去吃飯，議場就突然傳來了好消息。

從二十歲到今天二十多年來漫長的時間裡，不知多少次因為各種議題走上街頭，或坐或臥，白天黑夜，晴天雨天，但記憶裡沒有一次像今天這樣，活動提早結束，大家在歡呼中離開現場，我看到旁邊的女孩感動得都哭了。

雖然這只是往前邁進了一小步，到明年法案二讀三讀通過前，不知道還會遇到多少阻礙，還有多少變數，然而，今天當我們在街頭坐下，心裡知道不遠處有另一群人，正企圖翻越圍牆，但我們也知道議場裡還有支持法案的立委，正在奮力爭取，那些不同黨派的立委，對抗著來自選區選民的壓力，依然在為婚姻平權的法案奮鬥著，現場舞台上拿著麥克風聲嘶力竭、一大早就起床的主持人，智偉跟欣潔（我都不知認識他們多少年了……）才真是一個月內第三次依然堅定、幽默、動人地在台上用清亮的聲音主持節目，這一切的一切，從我二十多歲到現在，從同志諮詢熱線最早跟其他團體在小小的屋子裡共用辦公室，到幾次的搬家，熱線的募款晚會第一屆、第二屆舉辦時草創的辛苦，以及我永遠不會忘記第一屆同志大遊行當我們真正地走上街頭，當時只有幾千人……

老天爺，至少二十年了，我所認識的朋友們都還在街頭上，還在各個團體，各個領域，用各種方式為同志的權益努力著，漫長的時光裡種種發生突然掠過我眼前，我真的非常感動，因為這麼漫長的時間過去我們還站在這裡，也非常感傷，因為這麼漫長時間過去我們還得站在這裡，大聲疾呼。

當主持人宣布法案送出委員會，進入朝野協商，大家開始歡呼、鼓掌，支持同婚的委員們一一上台致詞，大家嘴裡說的都是感謝，我們感謝他們，他們感謝我們。

革命尚未成功，同志仍須努力，同志婚姻並不是同志唯一需要努力的議題，然而，感謝這個議題、這個法案的推動，在這段時間裡把各式各樣的同志召喚出來，因為那些不義的歧視、謠言、廣告，那些不可思議的恫嚇，毫無道理的分化，把許多許多從未上過街頭的異性戀朋友們也都呼喚出來了。

我想說的是，這麼漫長的時間過去，終於更多人知道，站出來是重要的、必要的，團結起來真的會產生力量的，我們必須持續地、堅持地，為所有不公不義的事，為不管是我們自己，或者其他受苦的人，奮鬥不懈。下次當同志們需要你，還是要站出來。

今天這小小的一步對同志來說意義重大，這代表著二十多年來的努力被銘記著，每一步都有其意義，都產生了作用，只是開花在很遠很遠的地方，代表著我們還會有一代又一代、一波又一波，持續不斷的力量，只要我們願意挺身而出，就可以拿出這股力量。

請記住這小小的勝利，記住這點點滴滴累積起來的力量，相信即使達到完全的平權還有很漫長的路要走，身為同性戀還是很累人的事，但也是如此使我們驕傲，我們願意艱難地活著，只為了活出我們自己的樣子。這樣的力量是不會用完的，還可以因為發光發熱而繼續傳遞下去。

謝謝今天在場的所有人，謝謝辛苦的工作人員，謝謝我們自己，以及所有雖然沒有到場，但以各種方式支持著婚姻平權的朋友們。

相挺為平權
全民撐同志
平權不分黨派
愛不分性別

Yes, I do.
#FirstInAsia

跨年

二〇一六年最後一天，上午阿早去上日文課，中午我去公館拿新配的閱讀眼鏡（抗藍光），跟阿早會合，一起去長春國賓看了《La La Land》。

如果不是阿早提議去看電影，我一定又是從早忙到晚，渾然不覺跨年這回事，或者即使意識到了，也是照表操課如常地生活，然而兩人難得一起去看電影，電影好好看啊，推薦大家快去看！是那種看了會讓人在電影院牽著彼此的手，走出戲院會不自覺哼著歌的電影。

看完電影，去買麵包，又去咖啡店買布朗尼，阿早說：「晚上不如來煮酸菜白肉鍋吧！」冷凍庫裡冰著好友自己家裡媽媽醃的酸白菜，我們就去超市買了肉片、茼蒿、玉米筍、豆腐、粉絲，阿早做了非常清淡的酸菜白肉鍋，好吃。

我們當然沒有要去什麼地方跨年啦，但晚餐過後，阿早問我：「要不要去健身中心啊?」她要去打壁球,以往她都是自己去打球,今天卻問我要不要陪她去,我本想有些累,還是在家休息吧(許多過年前得完成的事情在今天早上一口氣全處理了),但想想還是換上衣裳背著包包跟她一起出門了。

健身中心就在家附近,走二十多分鐘的路就到。阿早獨自練著球,我則在球場外拉拉筋,做點簡單的運動。傻傻看著阿早打球,就覺得很開心,回家的路上覺得今天這樣度過真是太好了。

二〇一六年身體出了些狀況,但經過治療跟調養,總算是穩定下來了,要好好保持下去。明天下午還是要出門工作,但是跟一群非常熱情優秀的工作伙伴一起,感覺自己整個都精神起來了,一點也不辛苦。

二〇一七年要開始新的長篇小說寫作,但我會提醒自己不要過度工作,每天都要早點睡覺,吃健康的食物,保持運動,我要過好每一天,珍惜每一天,熱情專注做自己喜愛的事,珍惜愛護自己所愛的每個人,除了養護身體,我更希望自己運用這個可用之身,給予他人力量,無論在什麼處境裡,都讓自己保持希望,維持創造力,有能力去愛。

下午負責我保險的保險員跟我通電話,調整了一下保單,我問她受益人可不可以填阿早，「我們有伴侶註記！」我強調。但結果還是不行。

祝願二〇一七年婚姻平權法案二讀三讀順利通過！（勿忘二十五萬人的力量）

祝大家新年快樂！

真實

新年就在一連串忙碌的工作之中度過，手頭上的工作忙到一個段落，該寫的稿子寫好，默默地去住院又出院了……

在醫院那夜，這次有幸住到單人房，感覺像是放假了，除了剛開始幾個小時的昏睡，其他時間都專心地讀書，阿早白天去上班，下了班先回家餵貓，晚上九點多來看我，安靜的單人房裡，我們坐在沙發上靠著，各自看著書，簡直像在家裡一樣，十二點護士巡過房，我們各自梳洗，說了晚安就睡覺。

阿早一定累壞了，她在沙發上很快地睡著了，我因為打了針，有點躁動，耽擱了一會才睡著。

深夜裡點滴打完了，機器嗶嗶聲使我醒來，才意識到原來是在醫院裡啊，我們總是盡可能平常心去看待這些治療，雖然總也有些緊張或慌亂的時刻，但阿早都穩下來了，我也穩下來了，這幾年，有好些時光都是這樣的場景，阿早總是在陪病小床或沙發上睡著，我們一起這樣經歷了好幾個科別的病房……

我總是希望自己可以擺脫病人的心態，不在生活上太過依賴，精神上也盡可能獨立，阿早也都不用看待病人的眼光看待我，給我什麼特殊待遇，心態調整好之後，就不會造成彼此的負擔，因為免疫系統的病就是個慢性病了，我還是希望自己可以如常地工作、寫作、生活，但該做的治療，該配合的作息、飲食、運動，都一一去做，每次一個大浪打來，我們就盡可能快點恢復平穩，再回到生活裡，感覺像是規律寫作之外，也把這有病之身納入規律的生活中，儘管，生命總是那麼不可預料的，有各種變化來襲，我想穩住兩件事，一個是與阿早相愛，另一個是繼續寫長篇小說，讓這兩個重心牢牢地把我的生命方向定住，再去順應身體與生命的變化，以不變應萬變。

或許最簡單的也是最困難的事吧，那麼最困難的事也要帶著最簡單的心情去面對，晚上我們牽著手走很遠的路回家，像往常許多日子那樣，就是尋常街道上再熟悉不過的一段路，但也像是新的一天，一條重複踏過，還可以走出新面貌的街，因為即使有各種問題，即使吃了好多苦頭，我還是那麼熱愛我生命裡所有一切，我已經不是過去那個不喜愛生命的我了。

我想著我要把每一天都印入記憶深處，像愛惜最美麗的寶物那樣地珍惜著時光，僅僅是活著這件事就非常美好了。

戀人時常忘記的，就是那貨真價實，真正存在過的，相處的每一刻啊，那些時刻都是永恆。

天寬地闊

與阿早談起年輕時軋票欠債的辛苦，以前應該已經跟她說過了，但她不知道我還曾跟朋友借過錢，說著說著，她突然說：「過來。」我走向她，她伸手將我抱在懷裡，溫柔地說：「以前真的好辛苦啊！」

在她懷抱裡，我覺得害羞而感動，這是阿早才有辦法展現的溫柔，要是換作我，就會不知所措了。我想著人生所有的辛苦都不會白費，所有發生都有其意義，有些人就是必須走很艱難的路、人生非得曲折、不斷迷途、摔倒，才有辦法把自己的路走通。

而走出來就是天寬地闊了。

（早餐有三種麵包，因為我常以為沒麵包了就又買回家，冰箱就剩下每種一點點。小小的蜜蘋果與非常像柳丁的橘子，雞蛋是跟巷口的檳榔攤買的小顆土雞蛋，蛋黃非常香。豆漿是阿早做的，加糖不加糖都好吃。）

我們不孤單

我與阿早結婚前那些年，因為瞞著父母辭掉工作北上專業寫作，心中特別有罪惡感，那時又窮又孤獨，家裡也還有負債，我只能過著孤絕的生活，過年也沒有回老家，總是一個人在台北小套房，吃著冷凍食品，年節時特別孤單，天氣一冷，想著父母還在夜市裡頂著寒風賣衣服，我躲在台北寫作，也沒寫出什麼名堂，我不敢回家，怕看了父母的辛苦，會抗拒不了去上班的念頭，我只能狠著心，自私地想再拚一拚，這種矛盾的心情難以向他人訴說，只是不斷啃噬著我的心，有家不敢回，未來一片茫然，每到過年，我就會憂鬱症發作，每一年我都覺得自己熬不過春節，後來是一群作家朋友，我們會在過年前約一個時間，找家館子吃火鍋，叫一桌菜，六七個人一起「圍爐」，年長的作家好友把我當妹妹，還會給我紅包。

那時我知道，有愛就是家，即使大家不是家人，也能吃團圓飯。

與阿早結婚後，第一年她還沒跟家人出櫃，但阿早就帶我回家吃年夜飯，阿早媽媽為人慷慨，當然以禮相待，但還是私下問我：「你結婚了嗎？」我搖頭說沒有，她有點納悶地說：「你們怎麼都不結婚？」我心裡吶喊著：「其實我們兩個已經結婚了，只是不敢告訴你！」二〇一一年，因為我們在報紙上出櫃，消息透過親戚輾轉傳到阿早媽媽耳中，那年回家時，婆婆對我們的關係完全了然，也全然接受，將我當作家裡一份子，還讓我到祖先牌位前上香，當天有婆婆的好友姊妹來訪，問起我為何沒回家過年，婆婆立刻說：「她們倆自己有一個家啊，我等於多了一個女兒。」當下我心裡感動莫名。

這之後幾年來，我真的多了一個家，婆婆跟阿早的兩個弟弟，他們待我如家人，我身體不好，婆婆細心為我熬湯燉補，甚至連我的生日，她都幫我慶生，幾次檢查開刀，她也都安慰我鼓勵我。我與阿早因為出櫃，都跟自己的原生家庭變得親近，也跟對方的家人關係友好。

二〇一七年，期待婚姻平權法案順利推動，我想，同志成家，除了是愛情生活的實踐，更是將來進一步向家人出櫃的最好方式，「身為同志也可以擁有自己的家庭」，這一個過去同志不敢奢望的夢想，即將可能實現，等到同婚合法後，同志可以輪流跟自己的伴侶回家，方式可以自行決定，面對親友逼婚，可以理所當然地說：「我已經結婚了！」但願過年不再成為拆散戀人的殘酷節日，而會是值得祝福、令人期待，真正的團圓日。

我想對隻身在外、或無家可歸的朋友們說，無論你與家人關係如何，感情狀況怎樣，年節的氣氛或許使你感傷，或許你也如我過去那樣，因著外面的歡慶樂聲感到格外淒涼，正在孤獨、悲傷的情緒裡，人都是孤獨的，但人也並不只能孤獨，但願我的文章能夠給予你一點點溫暖，撐下去，終究你會找到生命的力量，足以抵抗節慶帶來的反差，有一日能夠從這樣的孤獨中體會到，無論多麼孤絕的生命，都有屬於你的位置，只要可以去愛人，這份孤獨就絕不悲哀，反而充滿力量。

情人節

與阿早談起以前種種，我們倆都曾經經歷被家裡的債務逼得幾乎走投無路的窘況，現在家裡的情況都改善了，我們也感到輕鬆些，阿早感慨地說：「現在生活確實好些了，還可以吃有機蔬菜。」

無論經濟狀況如何，阿早總會用最簡單的方式讓生活變得豐富，每天阿早都會自己做早餐，以前我們早餐吃得豐盛，現在傾向更簡單的食物，有時是婆婆做的饅頭，有時是外頭買來的歐式麵包，幾乎每天都會有的水煮蛋、堅果、水果，阿早喝茶、我喝白開水，一起吃早餐時可以談談話，這是一直以來努力維持的相處時間。

除了蔬菜從菜市場買到有機店，其他部分我們仍維持簡單的生活，房子是租來的，屋裡的家具都還是各自生活時採買的，廚房的冰箱是阿早十年前用的兩門小冰箱，想過換台大的，但後來想想小冰箱比較不會囤積食物，就一直沒換，我們最大的花費都在學習跟運動上，飲食方面回婆婆家吃飯就是最好的大餐，而且婆婆總會給我們買好的魚跟肉，使我們一直都能吃到新鮮的食材，最近婆婆從中部的舅舅家回來，帶回舅舅自種的有機蔬菜，真是太美味了。

兩個人都喜歡吃蔬菜，如果連續幾天晚餐吃外食，阿早就會設法找一天自己做晚餐，要吃滿滿的一大盤青菜，煮個熱熱的湯，身體才會感到舒暢。

情人節跟平時一樣，冰箱有什麼吃什麼，早餐難得吃了久違的番茄起司，晚餐則是婆婆給的香腸和菇菇一起進烤箱（香腸也是過年才會出現的食物），前一天吃剩的蔬菜咖哩、舅舅種的生菜（秘訣是加上好友家自製的蜜金棗與叔叔自己做的漬鳳梨）、蔬菜味噌湯。年紀大了晚餐要吃少點，所以我的飯碗裡總是小半碗飯。

是這樣的情人節，就像過往的每一天，沒特別慶祝，不需要多做什麼，只是安靜地相伴。經歷過那麼多風雨之後，這樣的寧靜平凡特別珍貴。

歲月靜好。

中午吃什麼？

阿早上班時，時常會在中午傳訊息給我，「中午吃什麼呢？」我中午大多吃素食，幾家小店輪流吃，回答不脫那幾樣，但那一句問話比什麼甜言蜜語都管用，她似乎總要知道我是不是好好吃飯，才會安心。

如果要做晚餐，下班前她會囑咐我先洗米煮飯、去有機店買青菜，什麼菜該洗該切，先準備好。

我買了有機花椰菜，洗好切好，米飯裡加上藜麥營養可口。

七點阿早回到家，進廚房就開始忙，上班日的晚餐講究快速，阿早用婆婆之前給我們的小排、冰箱剩下的白玉蘿蔔（舅舅自己種的）、紅蘿蔔、白菜、高麗菜心做成肉骨茶湯（馬來西亞讀者每年都會送來的肉骨茶包是我們最愛吃的，連婆婆家也常做），花椰菜清炒，婆婆給我們的肉排已經醃好，煎好即可。

半小時出菜，熱騰騰的，兩人吃得心暖胃暖。

最近早餐加上了十穀奶，舅舅給的一大叢生菜吃了好多天，番茄也是好友給的，最近都吃親友給的自家種植蔬菜，真是愛上了。

饅頭是婆婆親手做的，咖啡色是黑糖桂圓口味，白色是鮮奶，很可愛地捲起來，口感紮實，百吃不膩。

「太太，你不要又寫得走火入魔了！」阿早上班前跟我說，我笑笑說：「是的！」知我者莫若阿早，總會提醒我別當工作狂。

阿早上班的日子，我也在家上班，安靜生活裡，寫文章、看書、讀稿，堆積如山的工作，要一點一點慢慢處理好，隔著遠遠的距離，各自專注在工作裡，我們不說想念，把自己照顧好，就是對彼此最好的回應。

好好生活。

瑜伽課

上午跟阿早去練瑜伽，這兩個月來每週五我們都要上瑜伽課，有時老師還會讓我們練雙人瑜伽，可惜我個子小，常讓阿早有點辛苦。

原本出門前已經用電鍋預設了一小時後煮稀飯，昨晚阿早做的醃瓜炒肉非常下飯，剩下半盒就計畫今天要煮稀飯來配，沒想到下課回到家，稀飯還沒煮好，因為我忘了按炊飯鍵了！

阿早只好臨時改成煮麵條，還是很好吃。

上回去台中因為雕刻家好友送了我們木製的咖啡攪拌匙，我們終於決心買了虹吸式咖啡壺，今天阿早放假，終於可以好好來練習一下，我年輕時喝咖啡，用的就是虹吸咖啡壺，煮了好幾年，後來工作忙碌才停掉的。阿早雖然在咖啡店工作，但店裡用的是義式咖啡機，也沒機會使用虹吸壺。

因為是初體驗，我又大多已經忘光了，兩人辦家家酒似地玩了起來，阿早好認真，總共練習了兩次，咖啡豆是朋友自家烘的，新鮮好喝，認真煮的咖啡果然不同，已經戒咖啡的我也忍不住喝了一小杯。

「希望明天趕快到啊！」阿早說，「就可以再煮一次！」

阿早真是傻得可愛。

濕濕冷冷的天氣，一起練瑜伽，一起吃麵，一起煮咖啡，感覺真像是同學一樣啊，我們是這樣的夫妻啊，柴米油鹽、咖啡瑜伽，非常尋常，也非常溫暖。

現在的我們，早就沒有什麼強烈激情，也很少黏膩在一起，然而卻可以一起做許多事，自然地出入彼此的生活中，對我們來說，伴侶的意義，就是可以與你自然地生活在一起，卻不是成癮的關係。不是沒有對方不行，而是獨立很好、在一起更好，一個人自由，兩個人開闊。

一起成長。

家務日

休假日，家務日。早上阿早去健檢，我在家裡寫作，三月底要交稿的書，還有兩萬字要寫，這陣子真是什麼事都排開了，得先趕稿才行，我規定自己一天一千五百字，寫完才可以看臉書、做其他工作，我總是早餐後就開始寫，有時阿早還在一旁準備上班我也能投入寫作，定額寫完，心情就輕鬆了，該看的稿子、該寫的文章，才有心思逐一處理，下午時間，如果不上瑜伽課，就在家裡看書，有寫作的日子心情特別安定，有時下午我就給自己放一會假，開心聽很久的音樂，再繼續工作。

但今天是家務日，下午我們各自忙著家事，我去洗衣服，阿早則整理資源回收物，三點倒完垃圾，我們就去超市買菜，回到家，阿早把剛買的地瓜放進烤箱烤，我自己在瑜伽墊上做運動，地瓜出爐時，我們分著吃，「烤地瓜這麼好吃，以前為什麼都沒想過要做？」阿早說，吃了一條小的，還覺得意猶未盡，又分吃了一條。「這可以取代零食啊！早餐也可以吃。」我說，「應該買兩包的！」阿早大嘆。

阿早放假，就可以煮咖啡，虹吸壺咖啡時間，是阿早最期待的，我們像舉行什麼儀式似地，專心致志，一人一邊顧著那個壺，看著酒精燈裡的火，注意著咖啡壺裡的水，像專注的孩子。

傍晚，我去曬衣服，阿早做晚餐，曬完衣服我就開始讀稿子，我總是把用來賺錢的工作當作「休息」，轉換腦子用，就不覺得辛苦。

今日晚餐是番茄蘿蔔燉牛肉（我想不出其他菜名），青菜是有機A菜加上秀珍菇，海帶味噌湯，五穀米裡加了地瓜跟南瓜非常對味，牛肉燉好要起鍋前，阿早一直在找一個盤子，是我們慣用米色邊緣有線條的圓盤，但翻箱倒櫃找遍整個廚房都找不到，「我覺得有一陣子沒看到那個盤子了。」我說，「難道是你打破了？」她問，「但我打破盤子你一定會知道啊！」我說，「上次我打破了一個，但那是小盤子，這麼大的盤子打破，應該會有印象。」「會不會是你一個人的時候打破的，還很慶幸地想，還好沒人看見，偷偷處理掉了。」她問我，「我怎麼可能偷偷處理掉？一定會被發現啊，你若回家我一定會告訴你。」我回答。

吃飯時我逐漸想起來，記憶裡似乎是打破了一個常用的盤子，那陣子換了新的洗碗手套，很滑，「我記起來了，是我打破的，我記得我還跟你說，沒關係，那個盤子是特價的時候買的，而且是二〇〇一年買的，已經用了十多年……」我腦子裡慢慢浮現我用報紙包起那個盤子時的印象。

「是你打破的！」她說，「一定是我啊。至少不是不見了，是打破的。」找到答案了我覺得很輕鬆。

以前我以為自己孤僻，覺得寫作的人一定要獨居，然而當你與一個人相處到一種極為自然的程度（知道什麼時候要安靜，了解對方正在做什麼，不該去打擾，一旦需要說話，也不會驚嚇到對方），在兩個人的生活裡，也能感受到一個人的自在，所以我在阿早身旁還是可以寫作，我們倆的書桌就是背對背的，我只要在自己的書桌上，立刻可以進入專注的狀態。那樣的時候，當你一個人獨處時，可以享受到一種極為獨特的孤獨，是心裡有底的，非常放心的獨處。

就是這麼普通的一天，但心裡很充實，最簡單的生活也是最好的生活。

一個人的獨立，兩個人的自在

昨晚回到家已經很晚，阿早還在做麵包呢！看來我不在家，她一個人很愜意啊，上次有人問到我時常在臉書寫我與阿早的生活，不知阿早的感受如何？我問了她，她說沒有什麼當名人伴侶的壓力啊，這幾年下來，越活越自在了，我想一直都有人對此存疑吧，但我與阿早是溝通得很好的伴侶，我書寫我們的生活，就像一般人記錄他們的生活一樣，只是我的追蹤比較多……然而會讓彼此或某一人覺得不舒服的事我不會寫，也不會去做，這就是我們的共識。

回到家已經很累了，但還想看到麵包出爐，晚餐她做了味增湯與馬鈴薯燉肉，我熱了一些來吃，她一個人時吃飯也跟平時一樣，用心地做自己想吃的食物，好好地吃頓飯，不會為了臉書拍照特別做什麼，也不會因為一個人就隨便吃，我想就是她這種自在也自然的性格，所以我可以很自由地書寫。

真的很喜歡看她做麵包，在廚房裡忙碌的樣子，不是因為可以吃好料的，而是喜歡看她有心力能做些自己喜愛的事，她對生活的態度時常感染著我，要更用心地過生活。

等著等著都快打瞌睡了，先出爐的是吐司，然後就是滿滿一盤肉桂捲，看到麵包後很安心地去睡覺了，手好痠，睡前很努力地按摩。

在愛情裡的自在不僅是因為安定與信賴，更是因為在愛情裡的兩個人都找到自己的節奏，有自己的空間，懂得自得其樂，安頓自己。於是，兩個人也好，一個人也好，生活不再只是顫危危焦慮於愛情的獲得與失去，而是壯大自己，也擴展了彼此的生活。

這不容易，然而這就是我們追求的。一個人時的獨立，兩個人時的自在。

夜裡，我們有各自的作息，我十二點就睡，阿早可以享受一些獨自的時光，她到底幾點睡覺，我也不清楚，我是規律生活的人，她則順其自然，早上兩貓在房門口喊餓，我就起床了，照例地，簡直像儀式一般，餵貓喝水吃飯，然後給自己弄點早餐，吃完就上工。

這時間屋裡靜靜地，工作效率很好，開始寫小說的日子，我吃完早餐就開工，有時在阿早起床之前就完成一半進度，當然大多數的日子，寫得不順，下午得再熬上幾小時。

然而，大約到十一點，寫得順手我也休息，我就沒事人一般偷偷溜進房間，這時阿早也醒了，我們躺在床鋪上，我給她搓搓腿，捏捏手，她陪我說說話，一天裡真正最放鬆的時間，反倒是這樣的時刻，一向安靜嚴肅的她，也會有幾分撒嬌，而工作狂的我，可以讓自己休息。

這是剛開始同居時沒想過的場景，是磨合後美好的結果，我們各自找到自己的生活節奏，但還能拼湊起來，擁有這一點靜美的時刻。

今天小說寫到一段落，偷空寫著臉書，突然聽見開門聲，我一回頭，十一點半，阿早已經起床了，「沒等我賴床！」我喊著。

「誰叫你太晚了。」阿早笑說。

天涼涼的。

應天氣多變，我就小病了幾天，今天昏睡到下午，阿早說：「天氣好好，我們去走走。」我又賴了一會，起身一起去買菜。

最喜歡吃阿早做的「燉蔬菜」，最近番茄大出，大小都好吃，有機茄子小小的，三條十元，櫛瓜是我上午打起精神去早市買的，我實在不知道阿早到底放了什麼調味料，可以把蔬菜燉得這麼甜美可口。

雞里肌醃好，香煎即可，高麗菜也是有機的，簡單清炒就很美味。阿早做菜時，我趁著好天氣把衣裳都洗好晾好。看著曬衣桿上的衣裳整齊排好，放心多了。

相處七年，有時看她一個眼神，就知道她想喝茶，我正想說個什麼時，她突然就說出了一樣的事，一人一台電腦，我正瀏覽著臉書哪個消息，她突然就說：「你有沒有看到這條新聞？」覺得真神奇啊簡直心電感應，這麼熟悉彼此，哪還有什麼神秘感？

熟悉有熟悉的戀愛，這是僅靠著神秘感無法達到的狀態，可以把精神專注在生活與工作裡，少了猜想與焦慮，所謂的「自我」終於可以慢慢地舒展開來，我竟要到四十多歲才有時間心力好好認識自己，認識自己所愛的人，這真是件奇怪的事，談過那麼多戀愛，每一段感情都筋疲力竭，費盡心力，也都處在一種喘不過氣來的「緊繃感」裡。

真希望我年輕時有機會知道這些，原來任何一次愛情的失敗都不代表從此不會再有機會快樂，原來一顆碎裂的心也能夠修補自己，即使最悲傷的人，也有可能走出黑暗，找到光亮的出路。

我想對因著分手而心碎神傷的你說，這些痛苦都是真實的，那都是愛情的一部分，去感受那份痛苦，就像珍惜你所愛過的那些時光美好的遺贈，但無論多麼悲傷，都不要遺棄自己，不要放棄希望，不要為了躲避痛苦而摧毀那份愛過的記憶，不要為了害怕傷心而去否定、去恨。

分手不是因為不愛，只是因為無法用戀人的方式去相處，把這份愛珍藏心中，它就會一直存在。

有能力愛的人，就會一直活在愛裡。儘管，有時，你無法與所愛的人在一起，就期許自己帶著那份愛的心意，放下纏繞不清的思緒，好好生活，好好地成長。你一定可以走出這團迷霧，不摧毀自己，好好過日子。

回家的儀式

下午阿早去打球，我問她需不需要我去買菜，她說好啊，我好開心，那表示晚上她要做晚餐啦！

我們閒散地在廚房聊天，看阿早一盤一盤炒著菜，一會就都做好了。

小盤子的香根炒肉絲是昨晚在小館子帶回來的，其他則是我們常吃的菜式，五穀飯、廣島菜炒美白菇、紅蘿蔔炒蛋（我們家附近買的土雞蛋、配上有機紅蘿蔔，阿早用蒜頭清炒，光是這樣就無比美味，我總是納悶為什麼這道菜會這麼好吃，以前我根本不太敢吃紅蘿蔔啊，但吃過阿早做的紅蘿蔔炒蛋，就此愛上），阿早用昆布熬小魚乾煮湯，灑上海帶芽就是一道清爽的湯了（海帶芽也是早家常備，連我都會煮的湯）。吃完第一口菜，阿早鄭重地說：「終於回家了！」（回家的儀式總是從一次一次的日常生活組合起來的。）

這樣生活真好啊，她說。只要這樣簡簡單單就好。

最好的就是可以跟你在一起。我在心裡默默地想著，沒說出口。
雨停了，病好了，回到日常生活裡了。

旅途

做了快篩，醫生說不是流感，我們都鬆了一口氣，快到家門口時，阿早突然說：「太太，你要好好找東西吃，照顧自己，這幾天我沒辦法照顧你了。」我一聽完心裡好難受，立刻跟她說：「等會回家我煮粥給你吃。」吃過藥，換了冰枕，阿早就睡了。我趕緊把行李箱裡堆積的髒衣服都拿出來洗，處理一些工作上的事，忙著忙著，突然想到，事情是永遠做不完的，是我自己得喊停。我想，或許就是我太工作狂，讓阿早也累著了。

即使在旅途中，我好像總也是在工作，只有在烏鎮幾天從早到晚在外頭走路，在如畫的風景中，想工作也沒辦法，我終於能夠享受幾日清閒。後來的幾站，我四處忙著，起初有朋友帶阿早去逛，後來都是她自己找路，騎單車，搭地鐵，吃東西，無論到那個城市，她總是一下子就熟門熟路，夜裡我在忙活時，她就靜靜地找資料看地圖，有時我放下工作，她會突然跟我說說這個城市的某些典故，夜裡我回到酒店，忙著卸妝、回信、洗漱，好不容易有點空檔，她會拿出相機，讓我看看一天她去了哪，見到什麼風景、花樹、建築，她的照片拍得真好，朋友幫她拍的照片裡，她真好看。有一日早晨，她帶我去買附近的煎餅果子跟烤冷麵，把朋友送我們的草莓洗好，布置旅途上一頓特別的早餐，她很開心跟我說，這麼好的早餐，只花了十三元。她是那麼懂得生活，那麼知足。

在種種忙亂中，其實我好愛她的怡然自得，我好驕傲她是那樣美好的一個人，可夜裡安靜下來，我心深處有一個地方疼疼的，我知道跟我這樣的工作狂在一起有多辛苦，我們一起去過好多地方，但我總是在工作，即使她可以把自己照顧得很好，即使她也很享受那些一個人的旅行，但或許，或許她有一點點寂寞，或許那些風景，她希望我也一起看著，但她知道我有自己的追求，她尊重我的追求，正如年復一年那些我始終對著電腦沒完沒了地寫長篇的日子，她知道我的生活大約就是這樣子了，我不是在寫長篇，就是在準備寫長篇，一個人的時間、體力都是有限的，有時我不知道該怎麼辦，我非常愛她，可我也非常熱愛我的工作，我就是這麼單薄一個人，沒辦法分成好幾個人來用。

其實我從不怕累，可是阿早病了，我的心就軟弱了，我總擔心是自己做錯了什麼，是我把旅程安排得太滿，讓她累壞了。

後來阿早醒了，她總是喊著痠痛，我幫她按摩手腳，好友在離家前幫我們燉了肉煮了湯（太令人感動的貼心的好朋友，拜謝），我熱了一些飯菜給阿早吃，給她喝運動飲料，她很難得地撒嬌了，喊痛，覺得發燒好難受，我安慰她，給她換毛巾，她傻傻地說：「生病真不好。我最討厭發燒了。」我笑她：「哪有人喜歡發燒。」「我最討厭這種痠痛跟發燒的生病了。」我又說：「哪有人喜歡痠痛跟發燒的生病！」我幫她按摩，她喊痛，「那要按還是不要按？」她用棉被把臉摀住，突然說：「幸好我有一個好太太。」

我抱著她，內心在流淚，我知道我不是一個好太太。我不是一個好情人。我不是。

然而我已用盡所有我已知的方式去愛她。

我的能力就只有這麼多。

老天讓她快點好起來。

吃過藥她又睡著了。

我靜靜躺在她身邊，世界這麼大，想做的事這麼多，然而當我安靜躺在我愛的人身旁，是啊，我已經擁有全世界了，我還在追求什麼。屋子裡很安靜，貓咪在一旁守護著，牠在守護我們。

沒事的，她很快就會退燒，生活就會好起來。疲累會過去，這一切都是值得的。

好聚好散

我與阿早之間有過婚姻的誓言，但對我們來說那些誓言都是要求自己而非要求對方，都希望盡力到不能夠為止，但生命無常，愛情也無常，若真要說對彼此有什麼要求，我們的共識就是有一方想要離開時，另一個人絕不攔阻，無論如何都好聚好散。

在愛情裡的人們都期望相守，我們都會因相聚而快樂，因分離而悲傷，但還愛著一個人卻願意讓她隨著心意離去，願意尊重她的選擇，即使自己必須承擔痛苦，也努力不用痛苦去挽留對方，那是另一種層次的愛，可能更為困難。

即使不能在一起，也不因此就產生怨恨、敵視、為過往的付出後悔，在我來說，那是史艱難的學習。

我認為愛情裡最美的誓言並不是白頭到老，生死與共，而是，但願我有能力讓你在我身邊依然感到自由。

相處的第七年

從醫院回到家，又是一天過去了，脫球鞋時有點疲累地在陽台上發呆，看看花，看看天空，陽台的植物最近都長得好漂亮，連香菜都長高成林，開花了，小小的白色花朵，夕陽裡照見天空花影、對面廢墟的綠樹，阿早把這些植物都照顧得很好，時常聽見她澆水時在與花草講話，饅頭會趁著陽光溫暖時跑到陽台曬太陽。陽台的照片是阿早前幾天照的，我像是延遲似地如今才看到相同的風景。

另一張照片是幾日前的晚餐，明太子加上美奶滋包進飯糰裡，這樣就很好吃，阿早不在時，我直接明太子拌飯，懶得捏成糰，海苔要吃的時候才包起來，她先把海苔烤過，吃起來很酥脆。

我靜靜把周遭一切再仔細看過，這樣的風景、食物、生活都是七年前的我無法想像的，那時的我還過著住在小套房、中午吃便當、晚上煮清湯掛麵的幽居生活，當然那時候我也沒吃過明太子，不知道香菜會開花，更不可能在自家陽台上種蔬菜。

經過了漫長的磨合，我們迎接相處的第七年，去年至今我一直被各種疾病困擾，我們的關係也有起有落，生活充滿各種意想不到的歡喜悲傷，然而看到這樣靜美的時刻，總是會讓我忍不住給自己打氣，你不知道未來有什麼在等待著你，有時是美得不可思議的事物，有時是令人悲傷、混亂、擔憂的困境，但無論如何，我想要盡可能地寫小說、盡可能愛人，盡一切可能地，好好生活。

晾衣服跟摺衣服

所有的家事之中，我唯一做得又快又好的，就是晾衣服跟摺衣服，尤其是晾衣服，阿早什麼都擅長，唯獨對於把洗好的衣服放進衣架子裡似乎感到很困擾，或有點困惑不知如何好好放進去，每回看她站在陽台上曬衣服，她總是一臉納悶的樣子，又傻又可愛，這時候一向笨手笨腳的我，就會說，我來晾，然後飛快地拿起衣架跟衣服，很快就分門別類，通通套上架子，用桿子撐起來，掛在高高的曬衣桿上。看到一整排大大小小的衣服褲子整齊地排列起來，覺得很開心。

「太太，你晾衣服好快啊！」阿早說。

明明已經說過很多次了，但我還是會很得意地說，「因為我們以前是賣衣服的啊！」

有時我就會說起以前在市場擺攤，我們的攤子有多大，生意好的時候，

要在很短的時間裡把幾百件衣服都套進衣架子裡，展示出來，賣掉的要趕快補上去，有一段時間賣的是一套一套的運動服，那種架子是成套的，先套上褲子，再套上衣，為了不讓衣服變形，絕對不可以從領子撐開把架子套上去，一定要從衣服的下襬小心地套進架子裡……如何如何地，有些是裙裝，有些是褲裝，掛起來的方式又有點不同……

有了自己的家之後，那些辛苦或辛酸的往事都變成生活裡貴重的經驗，回想的時刻，不再只是辛苦的感受，而是有著複雜景深、有疊加意義的經歷。

直到成年後，我都還會做著因為突然發現自己又在市場賣衣服而感到混亂慌亂的夢，正如我總是會夢到忘記去考試，或者不知何故置身在貨車裡，一直在高速公路上到處送貨，每次從那樣的夢裡醒來，都會因為發現自己已經不在那些地方，而是在台北一個安靜的屋子裡生活，等會就可以自由地去寫小說，鬆了一口氣，甚至靜靜地地哭。

但是今天晚上站在陽台上把衣服晾好的時候，溫熱的晚風吹來，我心裡有著非常溫柔的感覺，想到以後如果再從那些夢裡醒來，心裡除了慶幸或想哭，應該還會有一種類似於感激的情緒，一定就是因為掛過那麼多衣服，賣掉那麼多手錶，我才成為了現在這樣一個人。可以好好去愛，好好地寫作，可以這麼深刻地生活。

找到共同的語言

從台中回家已是深夜，第二天早上朦朧中聽見阿早喊著：「太太，吃早餐了！」我一看手錶，才七點多啊！

「可是我想睡覺。」我撒賴地說。

「要吃早餐啊！」她說。

好久沒有在家裡吃早餐了，過去十天我都是在早餐店買個蛋餅三明治打發，還是起床吧！

「有饅頭！」我說。

「媽媽做的三色饅頭，特別留給你吃的。」阿早說。

婆婆的饅頭越來越進化了，這次是紫地瓜、黃地瓜做成的紫黃白三色饅頭，好漂亮。

沙拉裡放著阿早買的鷹嘴豆，是第一次的嘗試，「我喜歡鷹嘴豆。」

阿早說：「你不在家的時候，我就過著機器人般的生活。」

我問：「怎麼說機器人？」

「每天七點多起床，做早餐，然後上班，下班，吃晚餐，早早上床睡覺。每天都一樣。」

「現在我回來了！家裡會變得很亂喔！很吵喔！」我笑笑說。

「對啊，你一進門，還沒開口，就有一種亂糟糟的氣氛了。」

我們總是這樣那樣地談話，聊著過往，這是阿早教會我的，無論多忙，都要找時間相處，這種「相處」不是各自抱怨工作、人際之類的吐苦水，也不是自顧自地訴苦或大談自己發生的事，而是，閒話家常、或者專心談談各自的「想法」，談過往、談現在，專注在「溝通」，要說也要聽、要談、要討論。戀人們時常在相處日久之後，就把彼此間的談話變成「自顧自地說話」或「沒完沒了的抱怨」，或是「囉囉嗦嗦自言自語」甚至是「包山包海、管東管西、指導性的談話」，表面上說了很多，卻沒有增進對彼此的了解，也沒有因為這份了解而增進感情，好像只是因為熟了，因為這人是我的情人，她就得「負責」聽我說話，若不是相對無語，就是話裡無心，只是想要傾訴、倒垃圾、習慣性地說這說那，沒有想過對方的感受，也沒有思及這份傾訴到底意味著什麼。

「你後來終於聽得懂我說的話了。」阿早說。這一句簡單的話，真是飽含辛酸。

這些年來，我們是從一次一次爭吵裡學會了溝通，是從日復一日深切的互動裡，逐一跨越我們之間巨大的落差，並且找到共同的語言。

「我現在都學會了用『人在心不在』這種比較幽默的方式提醒你。」阿早說。

是啊，戀人們，人在心也要在，無論多忙，要把相處當作一件要緊的事，相處時，專注地互動，仔細聆聽，開放地去觀看，此時此刻，對方，這個我愛的人，是最重要的，而透過理解她，也幫助我們理解自己，透過相互理解，我們的愛才會隨著相處日深而變得深刻。

每一天，無論是見面或打電話，找個時間相處，放下手邊一切，就像最初戀愛時那樣，你總是有話想對她說，而你也總是會耐心聽她說話。

就像最初那樣。

還不會太晚

最近夜裡阿早都比我早睡，窩在棉被裡要我哄她睡，我就拍拍她的背，幫她暖暖腳，她一會就睡著了，我很喜歡這個時刻的我們，靜靜的夜裡，感覺兩人歷盡滄桑，卻又把那些滄桑都滌淨了，只是依偎著，什麼也不用多說，你所愛的一個人，可以在你身旁安穩地入睡，這世上只有你看得見他的脆弱，於是你要好好地保護這份柔軟，你希望能夠為他分擔勞苦，給予他些許安慰，而這些溫柔也能安慰你自己。

我想起自己曾經多麼僵硬、冷酷，看起來無比堅強，內心卻那麼脆弱，我終於慢慢把那些偽裝、防衛都卸下來了，這些都需要在親密關係裡學習，承認自己還沒有愛人的能力，並且願意一一地修復自己。

一切都不會太晚。

小事的取捨

暑假過後阿早上班時間提早半小時，而我又在調整睡眠，時常沒睡好，每天早上都賴床，這段日子幾乎都沒辦法一起吃早餐，昨天早上聽見阿早起床後做早餐、刷牙準備出門的聲音，她小聲嘀咕著：好久沒有一起吃早餐了。

當下我就決定隔天一定要早起。

今天阿早醒來時，我立刻就起床了，早上八點多，天氣很晴朗，忙碌了好一陣子的她，因為昨晚我們談話談得晚了，睡眠不足，她看來有些疲憊，「本來想做混蛋的，又有點懶。」她說。後來還是做了水煮蛋，我們就吃白吐司、蘋果、水煮蛋加上美奶滋、堅果，很簡單的早餐，連照片都沒拍。

溫暖的晨光裡，一起吃著早餐，隨意談話，阿早問我該穿什麼好呢？運動褲要帶長褲還是短褲？這種天氣有點難以確定要穿何種衣物，我建議還是洋蔥式穿法，她走出門，發現天氣滿熱的，我又趕緊幫她拿了運動短褲帶著，就這樣送她出門上班。感覺阿早終於開心了些，前段時間各自都忙，兩個人的互動變少了，阿早提醒我總是好的。

順著這股早起的氣氛，雖然睡得有點不夠，卻反而開始寫小說了，就一路寫到剛才。

我很高興自己早起了，明天還要繼續維持。

愛情就是這樣的，往往會存在一些小事之中，會因為一些微小的事件而起變化。那只是一個決定，但你做出決定要改善關係，而不是任由它變糟，一個小小的舉動就可以讓關係不往毀壞的方向走，時刻互相提醒，有問題即刻改善，無論經過多少年，彼此多麼熟悉，都不讓自己處於習以為常、理所當然的心態中，相處不只是為了陪伴，而是你選擇了這個人，希望與他共度一生，這個共度不只是表面上的共處一室，也不是誰陪誰，誰需要誰，而是盡可能地參與彼此的生命，透過這份參與，真正到達理解。

這些小事的取捨就是愛的能力。

地老

晚上跟阿早去看了《我和我的冠軍女兒》，我們沒訂到相鄰的位置，所以相隔幾排而坐，這部片子比我原先預期的更加好看，真是爆炸好看的啊，一看完我立刻衝到阿早的位置激動地抓住她的手大叫：「印度電影太厲害了！」歌舞很棒，比賽場面拍得精采無比，摔角原來是這麼好看的比賽啊，兩個女兒小時候很可愛，長大後好帥啊（結果本人長髮是超級大美女），老爸的演技更是動人。我現在還是語無倫次的。

看完後我們牽著手在街上走著，我還一直陶醉在電影的熱情裡，「謝謝你帶我來看電影！」我對阿早說，涼涼的夜風裡，路好像可以一直走下去，我忍不住手舞足蹈。

「偶爾也是要這樣約會一下啊！」阿早說。

天荒地老。

家人

今天跟阿早回圓山婆婆家吃晚餐，我們剛結束一趟旅行，後來弟弟們回來了，我們在餐桌上談著旅途上的種種。

年輕時曾經跟著男友回家，對方的父母非常親切地招呼我，但當時的我完全不知道如何跟大人說話，對於所謂的家族聚會也只覺得侷促不安，那時的我無法想像婚姻、與人共組家庭、融入一個「別人的家」或家族……

這些年來我很自然地走入了阿早的家族，尤其是婆婆與兩個弟弟，以及婆婆的好友們，我生病時她們關心，出遠門時她們掛念，彷彿我的存在是再自然不過的事，兩個女生相愛，就如同世間其他任何愛情，不需要動用多麼艱澀的性別理論，「就是自己的孩子啊！」婆婆這麼說，「我多了一個女兒。」「讓孩子作自己快樂的事」就是這簡單的道理。

家人的愛，是同志最渴望，也不敢奢望的，我真慶幸當時我接受了報紙的採訪，公開出櫃了，那小小的一步改變了我與阿早的生命，這樣的事，是不去做永遠不知道結果的，但我們已經為此準備了好久好久。

回家的路上，地面還濕濕的，我們並肩穿過街道，手上提著婆婆給我們的蔬菜魚肉。

我想起年輕時的自己，那份彆扭，並非是我以為的不在乎，我心裡更多是害怕，我覺得我太怪了，不可能得到對方家人的喜愛。我想起很多時刻，我並不想要自己表現得張牙舞爪、冷淡倨傲或狂放不羈，我內心渴望一份溫柔真摯的愛的流動，我只是不知如何去要，也不知如何給予。

一個人是如何從那樣的僵硬孤單走到現在的寬和溫柔呢？那真的經歷了很遠很艱難的跋涉。

我越過整個荒漠，度過了大半輩子，才相信，我是可以被人所愛，也可以愛著人的。現在我知道了，我不會忘記。

謝謝你一直沒有放棄

那是好久以前的事了。

我時常在睡覺時因惡夢醒來，我常因睡不著在屋裡瘋狂亂走，我會因為某個遙遠的往事而混淆現實感，我不知道自己有什麼好，但我渴望有人愛我，但一旦有人愛上我，我又會因為擔心對方發現我其實沒那麼美好而離開我，那些日子裡，我總是用愛情來逃避痛苦，卻造就了更多痛苦。

謝謝你讓我安定下來，謝謝你幫助我度過連我自己都無法信任自己的時刻，謝謝你一直沒有放棄。

無論我是什麼，曾經做過什麼，發生過什麼，謝謝你接受我，相信我，並且幫助我找回自己，把自己實現出來。

倘若要我說愛情是什麼，我要說，愛情不只是神魂顛倒、意亂情迷，愛情不只是彼此的傾慕，慾望的湧現，無法抑制的熱情。

愛情是通過兩個人凝視、陪伴、理解、支持，使彼此有機會修正生命裡的差錯、撥開陰影、療癒傷害，讓這兩個相愛的人，透過愛情，透過漫長的時光，長成他們可以成為的最好的樣子。

這幾天像在夢遊似地，都在為身體的各種疼痛苦惱，因為每隔一段時間就會發生這種事，應該已經習慣了，但身體奇怪的疼痛還是會造成生活的不便，所以這幾天都在家裡休息，真的是完全在休息，只能看看書，看劇，緩慢地在屋子裡移動而已。

「太太你辛苦了。」阿早安慰我。「這麼多奇怪的疼痛，很辛苦啊。」因為疼痛是突然出現的，過幾天也會突然消失，這種時候只能安靜地忍耐著，讓她過去，「沒關係啊，忍耐就好了。」我說。但還是很謝謝她，沒有因為看不見那些痛，就以為是我神經過敏，或大驚小怪。

這些肉體上的痛苦，或許也很像某種精神上的痛苦，是難以向他人證明，也無法令人理解的，我在想，與其說「加油！」、「樂觀一點啊！」、「不要亂想」、「你是不是想太多了」，或者很神經質地要帶人去看醫生

（我是因為已經確診了，確實不需要再看），或是突然很焦慮地嚷著「那該怎麼辦」，或是因為焦慮、擔心或者某種其實是善意，但看起來卻很像在罵人的方式，「就叫你不要……」、「你就是老是怎樣怎樣所以才會那樣那樣」，我想，作為伴侶的人，長期陪伴生病的人（無論是肉體上或精神上，心理或生理），其實是隱隱處在一種壓力中的，但相信那些痛苦是真實的，非常重要，有時或許你什麼也不需要做，只是去相信，聆聽，安靜地陪伴，比慌亂地做什麼都還要重要。

不知道該做什麼的時候，就握著她的手，輕輕拍拍她，為她倒杯水，不要感到焦慮或煩躁，這些痛苦都是真的，但也未必需要你來承擔，你要做的只是表達一份理解，「雖然我幫不上忙，但我知道你很辛苦」、「有什麼需要我做的嗎？」不要因為這些事一直反覆出現而馬上就煩躁起來，也不要因為太過擔心而覺得氣惱，因為深處在痛苦中的人，自己有所承擔，也真的一直都在承擔著了，她或許累了、哭了、或只是傻傻地發呆，或許她看起來確實就是沒有平時那麼可愛了，但正如你自己也有不如意的時刻，做一個陪伴的人，有時要適度地旁觀，不用立刻去承擔起來，也不要馬上就抗拒，讓她知道你理解，你存在，你會支持她，有什麼問題可以兩個人一起去解決，這就夠了。「我知道你辛苦了」對我來說是比什麼都有力量的話，有些痛誰也分擔不了，但你知道他理解你正在痛，你並不孤單。

這次南下玩得好開心，我因為是工作狂，平時很宅，每次出門都是在打書、演講，但這一次的新書卻帶我去了很多地方，而且真正地「玩樂」了。跟台中與高雄的朋友見面，高雄晚上過夜是一群朋友租了一層民宿，買了好多東西吃，聊好多開心好玩的話，簡直就像高中畢業旅行。第二天小四他們帶我們去屏東吃東西，去竹田車站（拍了好多漂浮照……我飄起來好搞笑），以往不喝飲料的我，喝了好喝的梅子青茶，竟然愛上了。

很久沒有搭車遠行，在高路公路上我想到以前送貨的日子，高雄屏東那些地方都是我熟悉的，但那時我一心想寫作，只覺得路途遙遠，工作辛苦，只想回到書桌前。

我們總是會為自己貼很多標籤，忙著給自己下定義，我們時常為了害怕受傷而不敢行動，害怕失去愛而真的失去了，受困於痛苦的過去，卻又依賴那些痛苦的記憶，彷彿那是我們人生僅有的。親愛的，我想對你說，痛苦時不要急著想要立刻療癒自己，不要只是依賴語言的詮釋，那些痛苦會一直來襲，你會一次又一次地試圖去理解、努力想分辨，你也會看到一次一次的徒勞，或者你升級了，心中的怪物也升級。但，最重要的是，活下去，並且不讓自己陷入太嚴重的危險，不要飲鴆止渴。其他的摸索、痛哭、反覆，那些起起伏伏的日子，一定會有的，耐心對待自己，對也好，錯也罷，我知道你一直都努力想要讓自己好起來，那些點點滴滴的累積，所有經驗都不會白費，重要的是，你活下來了，那一直受苦卻依然活下來的你，其實是堅強的，你比你自己想像得還要勇敢。

不用加油，你已經很努力了。但請允許自己有機會快樂，去感受風、食物、友誼、愛，讓自己有一些喘息的時間，讓自己有時先不理會那些惡夢與痛苦，因為往後還有很遠的復原之路，善待自己，累了就慢下來，好好休息一下，你已經在復原的路上了，需要耐心與堅持才能到達。

第三部・十年後

認真愛

前幾天我們有時熬夜看球賽，有時跟朋友聊得晚了，有時她失眠，有時是我賴床，早餐時間不一，都有些匆忙。今天終於一起起床，悠閒地在餐桌上坐下，昨天她買了起司跟番茄，閒散地談話，感覺生活終於又恢復了平靜。

不知道誰說起了什麼，兩人都笑了起來，這個夏天，阿早放了長長的假，我們一起去了好多地方，一起經歷了很熱的夏天，有一小段日子被熱浪與瑣事弄得煩悶，但我們也一起熬過了，不知為何，我感覺我們又像重新戀愛了，那是一種說不清的感受，或許是因為出了拉子這本書，把過去許多纏結的心事與傷口重新盤整，一一結清了，有許多次阿早陪我在台上講著書，我們各自談論著彼此的青春，那些時日裡愛戀著的人，心裡卻一點也不嫉妒，反而，就像是因此看到了來不及認識的，各自的年少時光，那些青春無邪的光影還殘留在彼此的臉上。我逐一回到那些時刻裡，一一把視窗關閉，把記憶收藏，向某些人事告別，與一些傷痛言和。這一趟旅程，阿早一直在我身旁。

我相信愛是可以不斷更新的，它不會只是隨著時間久遠而淡薄、稀釋，不會只是被現實磨損，有些時刻，正因為你們陪伴著彼此穿越生命的風暴、滄桑、混亂，甚至一起共度了某些悲傷、難堪，一起解決了困難，或者共同經歷了某種成長，你們一起創造出的這份愛情，也可以隨著這種種經歷，再度更新自身的質地，有機會自我擴充，可以隨著際遇而增長。

耐心長成最好的自己，也耐心讓愛情有機會生長成最好的樣子。

笑著愛，哭著愛，認真地愛，真誠地愛，深刻地愛，清醒地愛，在愛裡沉醉，也在愛裡成長，對於任何來到生命裡的愛情都鄭重以對，面臨選擇時，選擇愛而不是恨，選擇寬闊而不是選擇毀傷。把失去與擁有都看成是愛情的貴重經歷，當你在愛情裡，請好好珍惜，當你在孤獨裡，也請牢記曾經的相遇。

祝福深深。

清晨阿早低聲叫我：「太太！」我醒來，她要我抱她，「我做惡夢了。」她說，我拍拍她的背安慰她，但實在好睏啊，「那只是惡夢啊，不是真的。」

我說，「夢到跟你吵架了。」她說，「那不算惡夢啦！」我笑了，「不喜歡跟你吵架。」她說完又緊緊抱著我。

全世界只有我看得到阿早撒嬌的樣子，非常可愛，一臉認真。

昨晚她回家後，就叨唸著問我明天幾點出門，這次去台中大約要九天到十天，「那你出門時我還沒回家。」她說，「對啊！」我說，「你不在家我會很想你。」「是真的會很想你。」她又說，「我也會啊。」我說，「而且都不知道你在做什麼。」「不是在醫院照顧媽媽，就是在學校或宿舍啊！」「我是說，你不在家我很會不習慣，很空虛。」「不會空虛啦，反正你都在上班啊，你下班我就會打電話給你。」我說，「如果是我不在家很多天你會怎樣？」她問，「我會很想你啊，但還不至於空虛啦！」「哼哼，你一定還是一樣吧，覺得好高興喔，可以盡情工作、隨便亂丟東西……」阿早好像看到那畫面似地，「我會變成營養不良的魚乾女。」我說。

「你已經是我生命的一部分了。」她低聲說。

你也是啊！我想說，但我只是抱著她，撫摸著她的頭髮，阿早長出白頭髮了，可還是一臉純真少年的模樣，是我最喜歡的。歲月經過，把我們都變

成了彼此的一部分，而且
是最重要的那一部分。
是這樣的愛情。

愛情帶來的變化

這幾天跟爸爸一起照顧媽媽，發現好多我不曾注意過的事，記憶裡爸爸個性急躁、固執，媽媽溫順、軟弱，但從昨天一早媽媽進開刀房，到今天，我發現我爸其實對媽媽非常細膩溫柔，是那種面惡心善、鐵漢柔情的丈夫。反而是媽媽很任性，也有她固執難纏的一面（比如手術前一天還想著要溜出去抽菸），或許因爲有我在其中穿梭，他們都沒吵架，我就這邊哄哄，那邊勸勸，就沒事了。

媽媽還沒法吃東西，老是想吐，因為不能起身，吃飯也不便，我就想各種流質的東西哄她吃，喝了滴雞精、安素，沒有反胃，明天應該可以進食了。

昨晚我跟阿早說，「我發現我脾氣超好的，明明應該會煩、會爆走的事，我都可以很耐心去處理。」阿早說：「太太，跟我在一起這些年，你變正常人了……」

我知道她的意思。

我只是終於懂得了如何去愛人，如何可以無怨悔地付出，並且真心知道那些力量屬於我自己，我早已與我的傷痛和解，且還生出了更多柔韌堅強。

那是真正的愛帶來的改變。

白粥

終於熬過忙碌的十月，閒散了幾天，或許因為之前一直處在緊繃狀態，這幾天找到空檔我就睡，阿早也讓我睡，賴床到天荒地老。

前天夜裡聽她說冷，手腳都冰涼，隱隱快要發作偏頭痛了，我們在床鋪上談話，我幫她按摩腳，看能不能幫助血液循環，我研究她的腳指，看按摩到哪根指頭特別疼痛，憑著記憶裡讀過的穴道書籍摸索，慢慢感到她的腳溫暖起來了，這樣幫她按摩著腳掌腳指，閒散地談話，感覺我們是那種一起長大、一起老去、最熟悉對方的同伴，所謂的伴侶，有時真的就是幫對方做些看起來微不足道、卻又無比重要的事。

「明天我們來吃稀飯。」睡前她說，「想吃熱熱的東西。」我說好啊，她就去洗米、預約煮飯。

早晨我還在昏睡，她先上班了，手機傳來早餐照片，意思要我依樣畫葫蘆，我快十一點才吃自己的那碗粥，看著她傳的照片，如果不是她提醒，我一定是煎個雞蛋拌點醬油就吃了，她知道我迷糊，貪睡，她沒多說，體貼都在那張照片裡。

我們並不是生來就這麼融洽的伴侶，我們曾經歷過非常可怕的分離，以及看似沒有盡頭的爭吵，但七八年的時間經過，我們真真切切地感到我們都更了解對方，也往相互理解的路上前進了，這沒有秘訣，唯有每一天真實地努力，相愛是兩個截然不同的人學習相處的過程，不進則退，很多人在一起久了感到有沒有在一起都沒什麼差別了，熱情已經被時間磨損了，問題已經多到根本無從解決起，很多時刻是因為我們眼睜睜看著關係變壞，卻毫無作為，或不知如何改善，以致於積重難返。

關係裡的任何一個問題，都要警醒地去解決，一關一關地通過，沒有絲毫可以閃躲逃避。溝通、溝通，持續地溝通，把對方當作你最好的朋友、你的伙伴、你的知己，你的另一個自己，「戀人」不只是要相親相愛，更要相互扶持。

戀人通常的迷思是，一開始總是只看見對方的美好，而到後來卻只看見對方的缺點，一開始想像的都是戀愛的快樂，到後來感受到的都是相處的負擔。其實這些快樂與痛苦、優點與缺點，都是一開始就存在的，人是一個複雜的整體，本來就會隨著相處日久而看到更多面向，透過戀愛的方式來相愛，為的就是將那份一開始感受到的美好、浪漫、熱情，用生活與相處來實踐，早就要有心理準備，這過程會有起伏變化，你們會相互影響，關係也時時都在產生變化。

有時伴侶讓你失望了，他處在很糟的狀態裡，我們除了生氣、指責、失望，或許還可以有另外一種想法，「幫助對方度過難關」，他弱時你就強大起來，不要帶著評價的心理，而是真切地去想，「我還可以為他做些什麼」，我們能不能一起努力想辦法脫離這個泥淖，因為這不只是他身處的困境，同時也是你們的困境。幫助他，也是在幫助「你們」。

多年過去，或許你會感覺愛情好像變得清淡了，但並不是毫無滋味，而是變成一碗什麼都可以搭配，會讓人打從心裡胃裡溫暖起來的白粥，那麼平凡，又那麼滋養。

鏡子

週一阿早放假日，下午我們去超市買菜，手挽著手逛街，今天好暖和，這麼走在商店的騎樓，一路逛去，覺得好像一起去了什麼很遠的地方，這樣安靜地度過一天，可以修整疲憊的身心。

晚餐吃魚，阿早燙了一盤蔬菜，烤兩尾魚，「要不要吃茶泡飯？」她問我，我說好啊！晚餐我米飯吃得少，光是吃魚就很飽了。

「這樣吃根本不太需要煮。」她說，「好好吃。」我說。好一陣子都吃外食，蔬菜吃得少，我需要的就是這樣簡單的食物啊！

阿早在餐桌、我在書桌這邊，即使她在我身旁我也能讀書寫稿，完全不受干擾，她做自己的事時，我也不會打擾她，然而總有些時候，我們會放下手上的工作，說一說話，我幫她揉揉脖子，捏捏肩頸，靠得近近的，彼此依偎，然後又各自解散，回去自己的位置上。

經歷這許多年的磨合，我們知道，相處很重要，獨處也很重要，有一種相處裡的獨處更是需要時間與默契練就，不要因為日日相處就習以為常，讓關係變成表面的和諧，戀人們需要溝通、需要相處、需要陪伴、需要理解，這些都是時間換來的，半點無法偷懶。然而我們也需要成長，需要獨處讓自己沉澱，需要有自己喜愛、專注、可以投入的事物，兩個人的組合，是我介紹你認識我的世界，你的世界也豐富了我的生命。

我願意永遠做那個主動的人，無論是恩愛時或爭吵時，無論陷入怎樣的狀態，我都期待自己絕不放棄溝通，不為自尊心、面子、權力或膽怯而冷漠或退縮，不要害怕你愛的人，即使你害怕的是爭吵或失去，但當恐懼出現時，愛意就會慢慢消失。

我希望我們一直都是對方最好的朋友，是知己，是伙伴，是愛人，是家人，也是彼此最明澈的鏡子。

二〇一七年十一月的某日

昨天我們除了買食物，什麼也沒買，況且前兩天才剛補充了一些家用品，也沒什麼需要買的。

下午我們各自回到家，阿早說：「我們去黃昏市場。」好久沒一起逛這個黃昏市場了，假日的傍晚總是人擠人，只能很緩慢地移動，看到四周都是鮮豔的蔬菜水果，各式各樣的熟食，雖然被各種氣味充滿，有時也會被擠得不太舒服，但在這裡可以深深感受到生活的氣息，我記得以往獨居寫長篇時孤獨的生活裡，我每天都會到市場逛一逛，好像這樣就可以跟人類有些關連。

最近阿早一直想吃燉蔬菜，跑了幾次菜市場都沒買到櫛瓜，昨天終於在黃昏市場的瓜瓜老伯那兒買到了又漂亮又便宜的櫛瓜（他只賣瓜類，所以稱他瓜瓜老伯），沿途我們又買了牛番茄、茄子、蘿蔓生菜（早餐好久沒有吃生菜了）、洋蔥、彩色甜椒。

午仔魚是婆婆給的，阿早用烤箱烤好，燉蔬菜一次燉一大鍋，米飯裡加了藜麥，湯是婆婆給我們的肉骨茶排骨湯，一一端上桌時，覺得身體都暖起來了。

我個性急躁，每次吃魚都胡亂夾，阿早見我又要亂夾，就笑我：「你看，被你弄得亂七八糟。」然後把魚肉剔下來給我，「我都把最好吃的地方留給你吃。」她說。我傻笑說：「謝謝你。」看著她熟練的動作，心想我一定要好好學起來，耐心地吃魚。

「為什麼燉蔬菜那麼好吃呢？」我問她，她回答：「就是蓋上鍋子煮而已，我也覺得好好吃。」一大鍋蔬菜，悶在鍋子裡就煮出了美味的菜餚，好像有魔法似地，「魚也是烤一烤就很好吃。」她說，「還是在家吃飯好。」

因為工作調整，阿早下班時間延後，我們可以一起吃晚餐的時間變少了，只有等到放假日，偶爾我想跟她一起吃晚餐，就先自己吃點小東西，等她八點多回到家，再去找個地方吃飯，但通常那時兩個人都餓壞了，所以也不特別勉強。

週五那天我去看醫生，看完自己搭捷運去運動中心跟阿早會合，我沒去過那一個運動中心，找了一會路，才找到地方，一進去壁球場就看到阿早跟小馬正在打球，我也好久沒看阿早練球了，因為跟厲害的朋友一起對打，隔著玻璃都可以感受到他們的移動跟汗水，我非常喜歡人們在運動時那種專心、揮汗、快樂的神情，非常喜歡那樣的阿早。

後來阿早騎摩托車帶我去吃飯，是一家她新近發現的小店，班表調動後，她時常自己在下班的路途上找吃的地方，發現了這家小店，乾乾淨淨地，賣著清爽的食物，我們很開心地吃著晚餐，是那種吃完一點都不會口渴，身體感覺很舒服的食物。

「附近有一家很有氣氛的黑輪店，我們去看看。」阿早牽著我的手，我們拐過路口，彎進小巷，看見那家路邊的小店，窄窄的店鋪，有許多客人，氣氛真的很好啊，「但是我吃太飽了。」我說，「我也吃不下了。」阿早說，我們就離開了。回程的路途上，我們大聲地跟對方說話。有點塞車，到家附近去超市買了豆漿跟水果。

面對各種生活的變化，我們還是找到了可以相伴的時間與方式，無論多忙，你總是要找到這樣的時光，與你喜愛的人們，於真實的時空中，好好相處。相處才能讓愛得以落實。

真心

桌上型電腦故障好一陣子了，每天早上開機都等上好久，通常我都是先按開機鍵，然後就去煮雞蛋，吃完早餐差不多可以用了，前幾天我連午餐都吃完了電腦都還沒開機，我們就把電腦帶回阿早家，請她弟弟幫我維修。

電腦實在太老舊了，我決定請弟弟幫我組裝一台新電腦，舊的電腦維修後可以給家人用。

過了幾天沒有電腦的生活，終於好好放了假，看了喜歡的書本跟電影，前天新電腦帶回家後，感覺像是重生了一樣，寫起文章特別順暢，「原來就是因為電腦太慢了，所以長篇小說一直卡住啊！」我說。

「以後你一定要好好愛惜電腦，不要再亂存檔案，亂下載奇怪的東西了！」阿早說。

有一種打掉重練的感覺，之前沒有整理好的檔案全都存到一個資料庫，今天開始寫的文章重新建檔，需要舊檔案就進去資料庫裡一個一個拿出來，用完再一一建檔，整理信件時發現不小心刪掉了今年一月到九月的郵件，沒關係啊，趁機會整理一下也好。

或許因為如此，煩躁的心情消失了，我一點一點學習用這台電腦，一篇一篇把文章救回來，現在不急，寫到哪，整理到哪，有些弄丟了的文件，就丟了吧，累積多年的問題，可沒法一下子解決。

我突然想到許多交往多年的戀人，關係裡有好多陳年的問題，因為誤解、誤會或陰錯陽差的原因，使得關係也卡住了，怎麼樣都無法前進，幾乎到了要分手的地步。

有問題最好是當下就解決，但有些已經錯過無法回頭的問題，變成了關係裡的結，我想著，是不是也可以像電腦那樣，使用一種歸檔法，把陳舊的問題先建檔封存，兩人帶著「重新來過」的共識，一起再試試看！

當然，人不是電腦，無法這麼輕易把情緒封存，但我想起我跟阿早重逢時，以及之後每次發生問題的時候，我們之間其實還有很多難以說明、也不知如何解決的問題，我總會想起老師寫給我的句子，那是孔子說的：「成事不說、遂事不諫、既往不咎」，這真是非常難以達成的境界，但卻也是解決有著錯綜複雜過往的戀人唯一的解藥。

有太多陰錯陽差，太多不知何時造成的誤解，太多你也委屈我也委屈、你想辯解我也想辯解、你有自己的版本我有自己的版本，這樣那樣使我們越離越遠的問題，「既往不咎」不是說不要去面對問題、不去解決問題，只是兩個人願意再試試看，這時就要放下成見，放下對彼此的指責、怨懟，以一種全新的姿態重新交往，感情當然是舊有的，但心態是新的，讓我們把過往的問題先存檔，讓感情回歸感情，情緒的部分歸情緒，等彼此的憤怒、無力感、埋怨的情緒都有機會先平復下來。

我永遠記得當我們從那些爭執、誤解、埋怨的情緒裡恢復鎮定時，你看到眼前的她，還是你愛著的樣子，有一段時間，你們好像被外星人綁架了，為什麼變得那麼可怕？那些彼此怪罪的話，那些埋怨的內容，那些指責，根本都不是你想說的重點啊，你真正在乎的是，你受傷了，你懷疑了，你擔心她不愛你了，你以為自己被辜負了，你覺得她這樣那樣一定是因為不夠愛你，卻沒有想到同時你也沒有力氣好好愛她，你們的愛被爭吵、負氣、誤解、懷疑傷害了，但真正的愛並沒有消失，你們既沒有愛上別人，也沒有想到其他地方去投奔誰，只是走不下去了。原來的路行不通了。

但風雨有可能會過去，被情緒遮蓋的愛情有可能再度浮現，當你們安靜下來，回歸到自己內心，你想到最初，你一無所求，只是好喜歡她，希望看到她快樂，你曾經喜愛過的她，是不是眼前這個人呢？你們這些年的愛真的存在過，但不知何時迷路了？你們有沒有機會再找回對方，找回那份真摯的心。

一切都要看兩個人的共識與意願。

如同最初在一起那樣，要不要繼續？能不能重來？還是分開對彼此都好，都要看兩個人的意願，不勉強，然而當你們停止指責、怨怪、懊悔，放掉那份自尊、自傲，以及受傷的感覺，回歸到愛情本身，或許還有機會在最後的相處中，保留你們曾經相愛時那份真心。

知心

前幾天接受一個採訪，記者問我怎麼平衡同居生活與寫作，不會受到干擾嗎？寫作是很個人的事，有人在身旁會不會影響創作。

多年前我一直認為自己只能在某種完全獨處的狀態下寫作，我甚至連到咖啡店都沒辦法寫，那時候是身旁的人還醒著我就睡不著，幾次同居生活都以失敗收場，心裡也想著自己大概只能孤獨終老，但跟阿早在一起的時候，我是在我們還沒同居時開始練習各種克難且隨興的寫作方法，那時每週我都會去阿早家住個幾天，長篇小說的檔案存在隨身碟裡帶來帶去，她去上班的時候，我就用她的電腦跟書桌寫稿，回到我自己的住處再繼續寫，後來同居之後，阿早不在家的時刻就是我寫小說的時間，她在家時我就寫專欄或臉書這類的短文，相處日久，彼此的默契好，我們幾乎是只要對方開始做事，另一個人就會自動也去做自己的事，漸漸地，她放假的日子，白天我也照樣在客廳寫小說，時間到了我就進房間睡覺，不感覺受到打擾。

或許是因為很容易專心吧，在相處上我的太容易專心才是問題，一專心起來什麼都忘了，還得提醒自己不能忘了跟心愛的人相處。可以這麼安心地在另一個人身旁做自己的事，這也是我沒想像過的境界。

週六下午，一起看網球，貓窩在我們中間，我們共同為喜歡的球員加油，這是我們最家常的時刻。

我想起有人跟我說過的，不知為何，在戀人身旁時，就不太像自己了，會不自覺在乎對方很多事，好像無法控制地會去注意他，連講話、思考，都受到對方的影響，年輕時我也有過這樣的時刻，愛情是那麼顫巍巍地，是那樣敏感、神經質，那麼不受控制，心神都被對方奪去了，其實那也是很美的。

只是，當你要跟心愛的人生活在一起，這樣就沒辦法過日子了，你們必得發展出一種可以相處，也可以自處的方式，才能讓彼此的生活融合在一起。

我覺得放心是最重要的，因為尊重彼此的獨立自主，所以放心，相處的時候認真相處，該做事的時候安心做事，不管有沒有在談話，都不懷疑對方的心意，也不去揣測對方現在在想什麼，想知道就開口問，他沒說的就尊重他的選擇。

讓彼此安心，好好地發展自己，才有可能好好發展關係，並且一起創造出共同的生活，因為這樣的相處，建立起更多美好的相處經驗，這會返回關係裡，成為愛情的養分。

愛一個人，不需要他時時想著你，也不需要他總是關注你，因為你是去愛人，而不只是想要被愛，你們是帶著彼此的愛去外面的世界好好遊歷，可以回來跟對方分享，你們是彼此重要的一部分，不必刻意提起，不需要時時思量，但當你們真正守在一起時，你們有許多美好的事物可以與對方訴說，就是這時候，無論時間長短，好好地溝通，認真地理解，即使今天無事可說，也能安靜地相伴。

這就是知心。

為什麼是我？

規律寫作時，我總是早餐過後就寫稿，因為週五早上要上瑜伽課，我就將週五當作家庭日，這兩週是澳洲網球公開賽賽期，下午就做點家事，兩人一起看球賽。

趁著球賽空檔去買菜，看完納達爾打球之後，阿早開始做晚餐，今天是吃咖哩飯的日子，配上豆腐味噌湯，適合看球賽激昂的心情。

兩人一起為喜愛的球員歡呼、嘆氣、加油、喝采，反應幾乎都是同步的，「你有想過有一天會跟一個人這麼好嗎？」阿早問我，我笑笑說：「怎麼可能想過！」

是啊，我曾以為我跟誰都合不來，不管在誰身邊總是怪怪的，無論如何相愛總是會有莫名的阻礙、無法克服的困擾，愛得筋疲力竭、愛得驚心動魄、愛得莫名其妙……愛似乎一直都是我生命的主題，也是我人生的困擾。

愚鈍如我，終於也能把這條路走通。

「為什麼是我呢？」阿早問。

以前我不知道，現在我知道了，一開始是因為難以言說的相互吸引，但後來是因為真正地理解彼此，你是我可以一直喜歡的人。無論發生什麼事，我都可以認出你。

愛一個人，不再是毫無道理、不可抑制的熱情，也不只是日久生情的習慣，那奠基於最初萌生的浪漫，卻是靠著真實的相處，一點一點、一日一日克服各種困難，一起創造出來的。我們經過這份愛的學習，這些時光的相互陪伴，我們從想要去愛，習得了如何去愛，並且有能力真正去落實這份愛。

如果沒有遇見你

難得的早餐照，不是因為沒有吃早餐，而是因為阿早提早上班半小時，而整個冬天我幾乎都在賴床，早餐幾乎都是各自吃的，若有一起吃的日子，也大多吃得很簡單，天氣暖和起來，我希望自己可以更早起些，兩人好好一起吃早餐。

星期一可以睡晚些，都是被貓吵醒的，阿早去廚房做早餐，我去餵貓、泡茶，看見阿早在切番茄、撕起司，我就猜想會不會是番茄起司吐司呢？果然就是啊，阿早說這罐黃芥末醬不夠好吃，但我覺得已經超棒的了。

我們很少吃什麼沙拉醬，多半是放點橄欖油、撒點鹽巴，有時加點檸檬汁，簡單調味，今天的沙拉只放了橄欖油就好好吃，橘子是上次去醫院時拿回來的，阿早細心地把橘子剝好，一瓣再切成半，就很好入口。

阿早喝茶，我喝朋友送我們的馬來西亞美祿，真的不一樣，特別香濃。

「你看你好口福。如果你沒有遇到我，就不會吃到這樣的早餐吧！」阿早說。

「對啊，只會吃吐司夾蛋。」我說。

「而且也不會吃到我媽媽做的好料。」她又說。

我點頭如搗蒜，「我才要說一樣的話呢！沒有遇見你，就不會有婆婆。我真是好口福。」

如果沒有遇見阿早，現在的我會過著怎樣的生活呢？這是無法回答的問題，重要的是已經遇到了，又再次遇到了，這樣好運可不會一直都有的，所以明天還是不要賴床，要珍惜一起吃早餐的時光。

重新戀愛

天氣晴暖，看阿早開開心心地換上外套，拎著球拍出門了，看見她拉開紗門走出去，彷彿仍像我剛認識她一樣，她在我心中一直是個少年。那個背影總會使我心折。

早早，我時常想念著你，只是沒有說出口，我在家裡都太搞笑了，使得我內心所有抒情話語聽起來都像在耍寶。我時常想著現在的你，過去的你，以及未來的你，我想著我們還要一起經歷的未來，我總以為我們很好。

很多時候我都以為我們已經夠了解彼此，許多事早已是默契，不必多言，很多時刻的沉默，我以為那是了然於心的安定，很多時候我瘋瘋傻傻，糊里糊塗，是因為在你面前是我唯一可以感到安全的時刻。

但我在安定的愛情裡疏懶了，那樣瘋瘋傻傻的我，沒有盡到一個戀人的責任，那些我以為了然於心的默契，有些時刻我沉入了自己小說的世界，將你排除在外了，我以為你總是安靜，想說話你會主動開口，卻忽略了更加主動地關心，將想念與喜愛表達出來。我以為自己有在跟你對話，很多時候我只是自說自話而已。

共同生活是那麼必要，卻又那麼危險，它讓我們將自己完全展現在戀人面前，這份坦然，任性，雖然是親密的展示，但有時卻讓我們落入了習慣的陷阱，我忘記了愛情是需要呵護，需要照料的，我將這份熟悉、習慣、默契都變成了率性而為的藉口，我以為只要好好做自己，就是對愛情最好的禮讚。

確實，像我這樣的一個人，當我坦然做自己時，對一起生活的人來說，無疑是一場災難，當我徜徉在安定的愛情關係裡，我以為自己將工作做得很好，覺得自己做了家務，照顧貓，很細心幫你按摩，就很棒了，但這些都是本末倒置，因為我忙碌於這些事務時，你最初認識的那個我不見了。那個我到底是誰？到底是什麼樣子？我有點忘了。

到底那個我是否只存在於陌生感之中，是否我只會將美好的一面在外人面前呈現，回家後就會變身成為青蛙，這些你時常對我說的，當我冷靜下來凝視自己，我發現那都是真的，你以為娶到小姐，回家後卻變成青蛙，而且是一隻邋遢的青蛙，這一定讓人很苦惱。

唸歸唸，最後你總是原諒了我，但我不能一直像隻懶散的青蛙，也不能讓水桶腰繼續變成輪胎腰，還有那些亂七八糟的睡衣也該丟掉了吧！

親愛的早早，我會努力學習從蛙變回人的。

願所有已婚、同居、相處多年的戀人不要像我這樣輕忽、怠惰，愛情不是可以無限複製、自動生長的，無論經過多少年，都依然必須投入、用心，時時提醒自己回到愛情裡。

終於懂得

聽說媽媽前陣子被牙痛折磨了一個多月，心情低落，又把自己封閉起來，我很擔心，前幾天回家一趟，看到媽媽果然消瘦許多，話也變得很少，但她說牙齒好些了，之後要裝牙套。

這週爸爸要帶媽媽去日本旅遊，雖然工會有贊助，但一人還是要兩萬多元，當初聽爸爸提起要自費出國時，我真是太驚訝了，這在我們家來說簡直是不可能的事，爸爸說：你媽都沒有出國過。父親是比我節省一百倍的人，這四萬多的旅費不知讓他多肉痛，但他沒多說，感覺他很歡喜。我換了許多日幣給他，要他們多買些喜歡的東西。

在老家時，住在隔壁的堂哥堂嫂煮了午餐就端出來外頭大家一起用餐，堂嫂聊起退休後到處旅行的事，爸爸也說起去年帶媽媽去澎湖，還騎摩托車帶媽媽去繞，我笑問媽媽沒暈船嗎？她說沒有。聽說今年六月他們還要跟團去綠島玩。爸爸說，以後有機會就要帶媽媽去玩。

四點多我要離開時，叫不到計程車，是爸爸開貨車帶我去豐原搭車，為了趕時間，他走了一條我們都沒走過的捷徑，這是我離家後第一次單獨搭爸爸的車，貨車好破舊，但是乘坐起來穩穩地。我們準時趕上了車。

我想起二〇〇九年生病最嚴重的時候，那時家裡非常缺錢，各種措手不及的問題，爸媽過得很苦，不得已時媽媽總是打電話來問我有沒有錢可以軋票，從來不曾拒絕的我，第一次猶豫，因為我這邊的現實狀況卻是我無法工作，不能寫字，全身疼痛連出門買飯都有困難。有一回媽媽又打電話來，問我有沒有三萬元，當時我已經嚴重失能困在家裡很長時間了，自小我發生任何麻煩事從來不曾對家人說，都是自己默默處理掉，但那時我想一定要讓他們有心理準備，我不確定自己往後還能賺多少錢，也不知道自己該怎麼謀生，我低聲對她說：我得了一種怪病，現在都沒在工作了，明天我會匯錢給你，但往後會怎樣我也不知道。

我聽見媽媽在哭。她低聲說：有沒有人可以照顧你。我不太記得我後來說什麼了，大概是說我會想辦法吧。

後來我習慣了病，又恢復了工作，依然持續寄錢回家，跟家人的關係也依然很疏遠，直到我跟阿早的婚事公開之後，關係才漸漸恢復，我們家的債務也還清了。債務還清之後，我們的生活慢慢變得正常了，我慢慢可以體會到家人也愛我，我的存在不再只是一張提款卡。成家之後，我才慢慢懂得如何回家。

我記得那段病苦時光，只要能走路，我天天都去附近的小學繞操場，從我住的地方走到小學，會經過一個土地公廟，我總是進去合掌祈求，我從沒祈禱過讓我的病好起來，或者其他什麼願望，我只是反反覆覆地對土地公公說：請給我智慧，讓我平靜，讓我接受我的病。

請給我智慧，讓我平靜，讓我接受我遭遇的一切。請保佑我的家人，我的愛人，讓他們免於恐慌。

我的前半生裡時常在痛苦裡掙扎，被金錢逼迫，不知如何與親人接近，只是賣命地寫小說，到了中年，雖然身體不好了，我卻終於懂得了如何去愛人，或許那一直都是我在做的事，我早就在愛，在付出，只是我不自知，我不知道那叫做愛。

大家總是擔心我的病，但，生病以前我活得空洞而悲慘，我擁有健康，卻沒有感受愛的能力，現在的我肉體雖然生病了，我卻擁有了愛，無論是阿早與阿早的家人，或者是正在讀著文章的你們，認識與不認識的朋友，你們給予我的支持與溫暖，像是把我前半生欠缺的愛，都加倍給了我。

謝謝大家。

靜靜

放假日，兩個人都睡得晚晚地，再一起吃早餐，麵包有兩種，紅心芭樂是婆婆給的，阿早把鹽地小番茄切碎加上橄欖油跟羅勒葉，「要不要放點巴沙米可醋？」她問我，我先是搖頭，後來又點頭，阿早放了一點點醋進去。餐桌上我一杓起來吃，就說好吃，「不酸吧？」她說。不酸，好吃。

午後阿早去練球，我去醫院抽血，各自忙完再回家裡集合，回家的路上我到超市買了蔬菜，出門前阿早提醒我要記得買薑，「晚上可以炒絲瓜。」看到阿早把冰箱的鮭魚拿出來退冰，好開心，今天終於可以在家裡吃晚餐了。

青菜加上海帶芽清燙，起鍋後放一點鹽巴和七味粉，清淡有味。婆婆給的鮭魚好肥美，阿早要我去陽台摘點百里香，「要不要加點奶油？」阿早問我，我想了想，就說好。抹上奶油，再把百里香放上去，鹽巴調味，送進烤箱烤。絲瓜加上薑絲與蝦米煮成湯，暖呼呼的。

我很確定全世界我最喜歡吃的食物就是阿早做的，因為那完全就是為我量身打造的料理啊，「其實我根本沒有做什麼。」阿早說，「只是燙青菜跟烤魚。」「只要這樣就很好吃了。」我說，新鮮的食材加上簡單的調味，就是我喜歡吃的，但這樣的食物外面卻很難買得到，所以我總是期待悠閒的假日，可以在家裡吃晚餐。

前段時間經歷了好多複雜的選擇，到今天心情總算穩定下來了，小說慢慢地前進著，雖然又改變了方向，我想這本小說有它自己的生命，我只要認真聆聽，一定可以把它的聲音找出來。

經歷了一段曲折複雜的時光，終於回到安靜的生活裡了。

我們靜靜的生活。

一起去旅行

回家幾天了，但似乎直到昨天阿早做了晚餐，我們一起在餐桌上吃著自家的飯菜，才真正有回到家了的感覺。

阿早在廚房忙碌時，我就去收拾屋子，把冬天的棉被、毛衣外套都收納起來，聽見阿早說：太太吃飯囉！我趕緊去廚房幫忙端菜。

沙拉是下午我們去超市買的，牛肉是婆婆給的，朴葉味噌是我們在日本買的，簡單兩菜一湯，我們邊吃飯邊討論許多事，旅途上的感想，最近台灣的新聞等等，吃著味噌舞菇牛肉時，想起了在合掌村吃的午餐。想起了七天旅程裡每一餐吃的食物，以及旅途上的種種。阿早問我最喜歡那哪一道食物，我覺得每一餐都很棒，不一樣的感覺，各種層次的美味，回想起來每一頓飯都印象深刻。

這次旅行我學會了很多事，比如因為飯店空間小，我們只把隔天要用的衣服跟盥洗用品拿出來，可以把常用的東西集中在一個袋子裡，就不用每一次都把行李全部攤開，我總算不會再一進飯店就攤放得到處都是東西。雖然換了好幾個飯店，收拾行李卻一點也不麻煩。

我也發現七天的旅行其實不需要準備那麼多衣服，有三件厚的上衣根本完全沒穿到，下回準備行李一定可以更簡潔。回家之後，我也察覺自己日常生活裡多餘的雜物確實太多了，這幾天要開始好好整理屋子。在日本的生活很棒，但回台灣後，發現自己的家裡也很舒適，只要安靜下來，用心生活，生活本身就會帶給你快樂與意義。

我再次體會了吃生魚片的快樂（生病之後我就不敢吃生魚片了），理解了泡湯的療癒感，跟阿早一起走了好遠的路，很喜歡聽她跟店家說日文時那種靦腆的聲調，看阿早用手機看地圖，好像就在台北那樣輕鬆地到處走來走去，發現她規畫行程時的縝密與用心（阿早說，我太謹慎了，下次一定可以規畫得更好），我更敬愛她了。

一起去旅行就像再一次的戀愛，重新認識這個你再熟悉不過的人，也有機會重新審視自己，並且一起發現相處相伴新的可能性。

謝謝阿早帶給我這麼美好的旅程，希望我一路上也帶給你美好的感覺。

相伴

昨晚招待幫我們照顧貓咪的兩個好朋友阿迪跟諾諾，正巧前天回去婆婆家吃飯，婆婆給了我們許多菜，阿早烤了鮭魚，把婆婆做的麻油雞加熱，炒絲瓜、青菜，煎香腸（當然也是婆婆給的），四個人吃感覺剛剛好。

這些年每次出國，總是靠著幾位好友來我們家幫忙照顧貓，以前三花因為腎不好，得一天四次餵食餵水，那時就訓練了少女Ａ來照顧，三花跟饅頭都很愛她，我開刀時也是她來照顧我，後來少女Ａ自己也忙，較少來台北，幸好阿早的好友阿迪也到台北來工作了，換阿迪接班。

家裡只剩下饅頭這隻輕微自閉的貓，常有朋友來幫忙餵貓，連著幾天都沒看見貓影，阿迪她們來住了一週，到最後總算饅頭願意讓她們撫摸，也會自己在地板上翻肚皮，阿迪跟諾諾都很年輕，卻是我們非常好的朋友，把家裡照顧得很好，一點也不讓人擔心。

飯桌上我們談論著各種事，就像家人一樣，我與阿早比較少外出，朋友都是久久才見一面，但無論相隔多久，總不生分，說說笑笑一下子時間就晚了。

餐桌是家的心，我很喜愛這樣的時刻，大家圍繞著，吃飯，喝茶，談天，吃著簡單美味的食物，說著各自心中真心的想法，專注於此時此刻的相聚。

愛情也該是這樣的，未必要時時刻刻相守，但每天你們會花一點時間，專注在對方身上，就是這樣一份專注，能夠真正地交流。

一天只要一點點時間，跟你所愛的人，親人、朋友、戀人，專注於彼此身上，說話、聆聽、理解、陪伴，這時世界彷彿都安靜下來了，所有聲音都是從內心深處發出來的，你彷彿可以讀懂什麼，聽懂什麼，你好像又多了一份理解，又為你們的關係增添了一點點厚度。

珍惜這美好的相伴。

出口

昨天去上瑜伽課，老師說我變得強壯了，說以前我剛去上課時，看起來好柔弱、很心疼，但一年多下來我很多動作都可以做到了，老師很開心，還送了我一件衣服。

我的瑜伽史非常坎坷，第一次練瑜伽是二〇〇八年，那時非常投入地練了半年，我就病了，因為病灶是在手掌、手腕跟腳，所有關節都在疼痛，就停了瑜伽課。

這一停就好些年，直到二〇一四年去健身房，才又開始在大教室上團體瑜伽課，因為很喜歡一個老師的課，我風雨無阻去了一年多，連感冒都沒請過假（戴著口罩上課，模樣很奇怪），二〇一五年底後來是因為一連串的檢查、切片、手術，又停止上課。

二〇一六年底手術之後，二〇一七年四月我決心再次去練瑜伽，就這麼一直練到了現在，我的柔軟度很差，肌力也不好，但就是一直去上課。

生病的時候以為很多事我再也不能做了，記得最嚴重的時候，我連在校園裡走路，看見年輕人在跑步，聽到朋友說去非洲旅行，我內心湧起了很罕見的嫉妒，彷彿全世界的人都可以自由地去做任何事，我卻連擰乾自己的毛巾都沒辦法。有一長段時間，我無法想像未來，感覺自己只會越來越衰弱、失能，彷彿永遠只能待在一個小屋子裡，什麼事都無法做，再也不會自由了。

那時我可以走路時，都會努力走到市場去買菜，回家煮我的清淡料理，在一個熟悉的菜攤上，遇見了一個盲人，起初我不知道他是盲人，只見他帶著墨鏡、正在挑菜，風趣地跟老闆閒談，那人走後，老闆跟我說，那位先生眼睛看不見，但他每天都會來買菜。我非常吃驚，問道：失明也能煮飯嗎？老闆說：我以前也覺得很驚訝，問那先生，他說可以啊，他都用手掌感受溫度，用鼻子去聞味道，菜熟了可以聞出來。

我回頭看見他正小心翼翼地在等紅燈，手上挽著菜籃，只有幾把蔬菜，想來是一個人獨居吧，我想起他湊近鍋子用手掌感受溫度，聞嗅著味道感覺菜熟了沒有，那模樣，我眼眶裡蓄著眼淚，彷彿得到了什麼啟示。

大概就是那時候起，我逐漸相信人總會找到他的出路，只是未必能如你所願。那些不如意，不如願的路，是生命找到的出口，也是你不曾想到的自己，你會驚訝於自己有那麼多可能，儘管後來跟你想像中都不一樣。

雖然後來還是一直被各種疾病困擾，但只要用對了方式，還是可以練瑜伽，而這些練習確實也改善了我的身體，脆弱的筋膜被強重的肌肉保護著，長期的腰痛、滑鼠腕、五十肩都好了，最重要的是，這些運動的過程讓我更理解身體的運作，讓我知道不只要鍛鍊腦子，增加知識與技藝，也要善待自己的身體，鍛鍊這副軀體。身體與心靈是相依的，相互作用著的，在必要的時刻，或者該說它們時時刻刻都是相互支持，彼此影響的。

總會有低潮，會遭遇困難與挫折，或有一段怎麼看都看不到盡頭的黑暗，無法被旁人理解的孤獨，想破腦袋也看不到未來好轉的跡象，我不是要說明天一定會更好，我要說的是，在這個不好的境遇中，其實也蘊含著對生命好的部分，全看你如何去應對這份困境，這些磨練、考驗、折磨、惡夢，帶給你的不會只有痛苦，但它會帶給你什麼，是好是壞，只有你自己能創造出來。

理想的假日

阿早放假，我們是被貓吵醒的，阿早說：「要不要出去吃早餐？」我說好啊，騎摩托車到附近專賣肉蛋吐司的早餐店，吃一頓所謂的早午餐。

晚上有高雄的朋友要來借宿，想來也該補充冰箱的存貨了。去超市買了幾樣蔬菜水果，阿早說：來做莎莎醬。我說好啊。又繞去附近的蔬果大賣場買甜椒、檸檬。

接下來就是各自忙碌的時間了，我整理了檔案，跑去附近影印店列印成冊，又去郵局郵寄，我終於交出了長篇小說的期中報告，好想大叫一聲，但當然沒喊出來。

可以放鬆一陣子了。

阿早說：「麵包不夠了，還是來做個麵包？」我當然說好。

阿早在廚房做麵糰的時候，我又跑了超市、便利商店、市場，辦了幾樣手續、處理一些雜事。回家後阿早說陽台的香菜似乎不能用了，我就去市場買香菜，回來才發現阿早傳訊息要我買洋蔥，沒關係再去一趟啊，因為今天還沒走到一萬步。

回家後我寫了一個短短的文章。阿早開始做麵包了。

等麵糰發酵時，阿早煮了咖啡，我們悠閒地喝咖啡，吃一點點心，她又進去廚房忙了。

我來整理屋子吧，曬好的衣服摺起來，再洗一批衣服，把客房的床鋪整理好。掃掃地。

麵包正在烤箱裡香噴噴地烤著，我想著家事做完，來讀讀書吧。就開心地看起小說來。

傍晚麵包先出爐了，一個個乖乖地排好，第一盤是香料口味，很可愛，第二盤阿早又加了蒜頭，更香了。

「好希望明天趕快來，這樣就可以吃麵包。」我說。

不知覺間阿早已經做好了麵包跟晚餐。

一大鍋滿滿的蔬菜，燙一些肉片，是晚上少吃米飯的我最喜歡的簡單料理。因為米飯裡加了地瓜，我還是吃了一些飯。

麵包們擺在客廳的小茶几上，傳來陣陣香氣，我們吃晚餐時，饅頭好奇地上去聞了聞。

晚餐後，阿早拖了地板，又整理了一次客房。一切都準備好了。

「麵包真的好可愛。」阿早說。

「好想吃啊！」我說。

我們在餐桌上對坐，計畫著明天早上吃什麼呢？

感覺比上班還忙的一天，卻非常地充實。

是這樣理想的假日。好好地過了一天。

少女Α的重生

這頓豐盛的早餐是阿早為我們的好友少女A特製的。這次她相隔一年才到我們家作客，我跟阿早都覺得她變得健康又漂亮，整個人輕盈且自在許多。

認識她好些年了，相熟起來卻是在二〇一三年我們各自生命都有狀況的時候，那年冬天，我到醫院開刀，她正逢戀情生變，因為動的是大手術，術後需要照顧，我請她到台北來陪伴我，她毅然答應了。那時她正陷入嚴重憂鬱症裡，雖然自己狀況不好，富有責任感的她，不管失眠、哭泣、崩潰，每天早晨依然撥鬧鐘把自己叫醒，幫我準備早餐。我在醫院剛出手術房，頭三天嚴重失眠，在虛弱中我也是每天不斷開導、聆聽她各種情緒上的波動，不管傷口的疼痛，整天地陪伴她，與她說話。

我們的狀況都很糟，但因為要照顧對方，也因為都有責任感，這份責任與愛使我們一起度過了難關。

而後幾年，她的感情起起落落，我的身體也幾次出問題。

我與她有著相似的成長背景，長年背負家中經濟重擔，都了解彼此的苦痛，我比她年長，早些脫離感情的迷障，卻也能理解她因為愛情裡的受創引發生命創傷經驗復發，因而陷入嚴重的情緒與精神困擾，雖然一個是雙子座一個是處女座，卻都是非常努力想要幫助自己那種人，她是我看過最努力的病人，無論狀況多糟，她都努力看診吃藥，持續接受心理諮商，在生命的絕境裡，她體內好像有兩個人，一個在傷害自己，一個則努力想要痊癒，生病第二年吧，她開始去練瑜伽，我也開始健身了。

無論有沒有人陪伴，病識感是非常重要的，更重要的是，如何啟動那份想要好起來的願望，最糟的時刻裡，她只有她自己，我們身在遠方，也無法時刻照看，過往生命裡幾十年的創痛在愛情受創的誘發下整個爆發，生命就像被炸碎了一樣，一個心碎的人，可能會做出自己都無法理解的行為，外人難以理解，即使再親近朋友，可能也會失去耐心，除非非常幸運，有懂得如何陪伴與幫助的人在旁，否則全都得靠自己。

我與她做過很多次長談，有時連我也感到筋疲力竭，但我知道她正在努力，恢復的時間可能需要好幾年。朋友能做的就是支持她，需要的時候她就可以來我們家。

好些年過去了，這修復與療癒的過程非常漫長，但她做到了，看見她終於結束不斷反覆的關係，重新找回自己的生活，看她一點一點找出生命裡傷害的原因，逐步逐步修復自己，看見她獨自去旅行，做各種學習，看她一日比一日健康、強壯、從內在裡真正變得自信與堅強，每一次的改變總是讓我感動。

當你處於生命的低谷，當你失去一段重要的關係，當你以為人生已經是絕境，你總免不了會絕望、會想親手毀掉所有一切，想粉碎腳下僅有的一點點立足之地，渴望用毀滅來結束痛苦，想要什麼都不顧地任自己墜落。

然而就算最任性地撒賴，那之中只要還有一點點求生的渴望，你依然必須返回自己，拯救你自己。

如今看著變得健康成熟的她，可以自由地到各地旅行，還可以幫助別人，看到她對朋友的熱情與付出，我總會想起許多次她最絕望時那恍惚、狂亂的身影，想起她自己在寒風騎著摩托車穿越半個台中市去看醫生，一次一次在筆記上認真寫下自己的心緒、感受、困惑，一字一句寫下醫生的建議，想起她多少次從想死的境地裡爬起來，想起她在深夜裡流下的眼淚。

給自己一次機會，再一次，又一次，不論多麼絕望，要聽見心裡那個微弱的，求救的聲音，你值得這樣幫助自己，因為只有你才能啟動這一切，展開救援。

一場戀愛可能毀滅一個人，也可能使這人重生，這一切決定都在你手上，不管多困難，無論多遙遠，一步一步走，一點一點改變。

我曾見過有人如此拯救了自己。

祝福

天氣一熱我就把頭髮剪短了，在菜市場裡的小美容院兩百元剪髮，只是圖個涼快，回到家阿早笑說：這個髮型好像被狗啃的，不適合你啦。我不以為意，天天頂著怪髮過日子，反正只在家裡跟瑜伽教室和住家附近的市場出入，成天寫小說、練瑜伽、看足球賽也沒見什麼人。

昨天阿早終於受不了了似地跟我說：我們明天去剪頭髮吧，然後一起去看電影。

我當然說好。

於是有了這樣的一天，比情人節或過生日更像過節似地豐盛，給我們都喜歡的設計師 J 剪頭髮，我不是忠實顧客，時常為了偷懶自己胡亂在附近剪髮，但我會幫朋友預約，他從不囉嗦，也不會問我為什麼幫別人預約自己卻不去，等到我頂著一頭怪髮去找他，他也只是笑笑，不多問什麼。

今天一見面我跟他說：J，救救我的頭髮！

他笑說：頭髮變得這麼少，有難度。

我摸摸後腦勺，自己看不見，不知難度有多高。

阿早笑說：你不知道我每天晚上睡覺望著你的後腦勺，真的很痛苦。

我跟J說：幫我把頭髮變出來。

剪完頭髮，真的感覺頭髮變蓬了，好奇妙，後腦摸起來沒有凹凸不平了。

雖然還是太短，J說，等兩個月之後就會好多了。

一起吃午餐，看電影，然後買了好吃的麵包，買了生菜、一些熟食，搭車回家。

回到家才下起大雨來。

太太，阿早說，摸摸我的頭髮，「太太又變可愛了。」她說：「不要再跑去奇怪的地方剪頭髮囉！」

我點頭說好。

是這樣的一天。什麼節日也不是，卻像被祝福了。

均衡而和諧的同居狀態

忙亂了好一陣子，這兩天在家裡休息，昨天一日三餐都是阿早做的，最近早餐天天都吃沙拉，婆婆從舅舅家拿來的各種荔枝，阿早細心剝好放進沙拉裡，甜滋滋地，讓沙拉多了一番風味，連不愛吃荔枝的我也搶著吃了。

婆婆帶回來的自家栽種韭菜，好細嫩，阿早將韭菜切碎，配上紅蘿蔔、雞蛋、蝦皮、麵粉與地瓜粉，做成鮮味十足的韭菜煎餅，本來擔心韭菜不好消化（我不太敢吃韭菜），煎起來實在太好吃了，煎餅是午餐。晚餐則是好友送我們的南瓜，阿早跟其他蔬菜做成一鍋湯，我們倆就帶著飯菜與蔬菜湯一起看溫網，謝淑薇打了一場精采的比賽，我們也度過了愉快的週末。

平時我們倆各自忙碌於工作與運動，時間幾乎填得滿滿地，感覺一週一下子就過去了，週六可以閒散地待在家裡，各自看書，一起看球賽，就那兒也不想去，覺得家裡是最舒服的地方了。

不管外面的世界如何變換，我們家裡總是安安靜靜地，一進屋裡就可以感受到平靜，阿早不在家時，我也會煮簡單的午餐跟晚餐自己吃，小說寫累了，就把屋子整理一下，東西用完要歸位，不需要的東西就斷捨離，洗衣服曬衣服，讓掃地機器人掃地，在做家事的時光裡找到換檔的方法，阿早負責處理重大決定，我則負責日常維護，我們一起把家裡維持得很好，讓回家與待在家裡變成是一件快樂的事，因為觸目所及都是簡單美好的東西，在外面遭受到的打擊、挫折、阻礙、困難，回到家都可以放下來，靜靜地調整自己。

我想家的意義，最重要的就是這份如港灣般的安全與寧靜，而家人的力量也在於此，一起度過風暴，找回平靜。

幾年前我無法想像我可以跟阿早形成這麼均衡而和諧的同居狀態，因為我們是那樣天差地別的人啊，但日復一日地努力中，我們互相影響、改變了彼此，不是誰照著誰的生活模式，而是我們一起摸索、創造了現在的生活。

我很感謝阿早用身體力行的方式讓我體會了把環境整理好的重要，原來那樣一點也不會影響到什麼自由、獨立、個性，就只是把東西整理好，勤快一點罷了，我還是我，而且可能是進化過的我喔。因為把環境整理好了，給自己創造了更舒適的寫作與生活空間，兩人的衝突減少了，相處得更好，辛苦在外工作的我們，回到家就能夠立刻放鬆下來，這是我想要的結果。皆大歡喜。

今年年中的身體檢查通過了，年底還要檢查一次。每年度的檢查過程、以及等報告的時間都會讓我緊張，但我因此更珍惜眼前所有，不再隨意揮霍生命，消耗自己。每次體檢都有機會觀察生命有什麼地方出了差錯或歪斜，希望來得及改正與修補。

無論是感情或生活，或者生命本身，需要的就是這些微小卻持續地提醒、反省、修正，與不懈的努力。

我不浪漫

七夕那天我們跟阿早的球友去聚餐，吃完飯有人提起，今天是情人節啊！於是大家笑笑說，情人節快樂！跟朋友一起度過情人節，也很快樂。

記得前任外遇時，我問她為什麼（我終於也還是跟其他人一樣問了這個無法得到正確答案的問題），她只說了一句話：你一點都不浪漫！

當時我好生氣，我說，我怎麼會不浪漫？（心裡的聲音是，我是寫小說的人，我怎麼會不浪漫？）

但在她眼中，我確實不浪漫。雖然生日也送了禮物，但其他節日我從來不過，也沒有特別想要什麼禮物，記憶最深是一次遇到我生日，我到朋友家去借書，外頭突然下起滂沱大雨，當時的女友突然帶著蛋糕出現在朋友家門前，我嚇了一跳，原來她跟朋友商量好要幫我過生日，她還特地跑去買了我之前想買的一個背包送給我，這一切都該是浪漫的驚喜，但我卻問她出門前有沒有關窗戶，她說忘記了。那一晚我坐立不安，一點也沒有驚喜的感覺，只想趕快回家（因為曾經被大雨淋濕窗邊的書架）。

她舉了很多我不浪漫的例子，說跟我在一起既孤單又挫折，而她無論做什麼，我都很麻木，但她只要隨便付出一點點，新的女孩總是好感動，「你這個人好像對什麼都不會感動。」

我被說得啞口無言。

但我心裡知道我對她好，是在許多不為人知的地方，都是更實際、更困難的事，只是那些事沒有一個浪漫的名稱。是她忘記了。

那晚回家時，我跟阿早牽著手走在路上，我問她，我都不浪漫怎麼辦？她很無奈地笑笑，「沒過情人節沒關係吧？」我問，「過日子比較重要啊！」她說。我握緊她的手，對我來說每一天都很重要，但倘若她喜愛慶祝，我也是可以慶祝的。

「我們這樣就好了。」她說。

但當我握著她的手，走在回家的巷子裡，其實我心裡想的是，我所擁有一切都願意與你分享，你是我決心一輩子要好好守護的人，這些你都知道吧。

我緊緊握著她，心想著我不擅長的那種浪漫到底是怎麼回事。但我知道阿早懂得我。

陳雪式的浪漫，就讓我用長長的一生來證明。

連署

每年阿早都會放暑假一個月，但好不容易得到的假期，幾乎都是陪著我到處跑，一晃眼，假期已經過了大半。簽書會才剛開始呢！

多年下來，我與阿早之間，除了是伴侶、情人、家人，我們也是工作上的伙伴，她自己的工作單純，下了班就收工，我的事業比較繁雜，除了自己用功讀書寫作，也有許多必須決斷、處理、應對，超過我能力範圍的事，以往的戀人，總是會幫不擅長電腦文書、檔案的我處理很多雜事，但阿早給我的幫助不是這方面的，我們都盡可能不把對方工具化，不讓戀人理所當然變成自己的助理，那些繁雜的瑣事，我都盡可能自己處理，或者找專業人士或朋友幫忙（當然有時狀況緊急，阿早還是會幫我），但關於事業上的各種決斷，阿早認真地聽完我的說明，會冷靜地分析，跟我討論，相較於我的衝動或天真，她謹慎且目光長遠，總是適當地給予我中肯的建議。生活與工作上重大的決定，我們都是一起商量、討論才做出決定，我們完全信任對方，也將對方當作禍福相依，患難與共的對象。

以往的戀愛，因為總是還停留在「不知道能不能繼續走下去」的疑問裡，看起來愛得義無反顧，實際上卻沒有任何長遠的打算，而是過一天算一天，盲目地往前奔馳，像是大火焚燒，直燒到愛情的盡頭。

我不知道是不是因為我與阿早已經結婚（即使我們的婚姻仍不合法），但我知道那份「不知道能不能擁有屬於兩個人的未來」的感覺，是很多同志朋友們在感情上最大的阻礙。

無論合不合法，我們都想要一起生活，都將對方視為人生伴侶，我們早早就建立了這種共識，為了走得更長遠，我們不用消耗的方式去愛，我們也不揮霍感情，而是小心翼翼地，一天一點點地培養著、累積著我們的愛情，這種小心謹慎，使得我們避免了關係的僵化，不將對方的付出視為理所當然，無論多麼親密，都給予對方一定的空間，因為那些看起來非常小的舉動，都可能會傷害感情。

我不知道哪一種感情比較好，但我知道我們找到了一種適合我們的相愛之道，讓我們在遇到彼此之後，人生都慢慢地變得美好了，這是非常神奇的事，我在她身上深深體會到了一加一大於二，原來我還可以長出我不知道的樣子，我們可以一起創造出的不只是比我們兩個加起來還要遼闊的景觀，帶我們走到不可思議的地方。

無論是否選擇走入婚姻，但擁有這項選擇的權利，多了這個選項，可以改善同志的處境，讓許多感覺無望、不知如何度過感情瓶頸的戀人們，多了一份可以走下去的盼望。

謝謝超過百萬份連署，社會各界每一位朋友們對同志的支持，謝謝每一個志工朋友們無私的付出，我們雖然只是短暫地參與了一次捷運站的擺攤，卻深深體會到志工們的勇敢，當我不知如何向對我們的活動露出反感、困惑的人們說話時，我聽見那些年輕的朋友耐心地、堅定地解釋跟說明，一次一次不畏懼地走向更多人，我看見他們真的努力在突破同溫層，積極地與社會對話著。

我跟阿早都非常非常感動。

再次謝謝大家。

愛情不只是喜歡

因上週感冒、裝修噪音等事折騰，週六早上我到出發前身體都還處在虛弱狀態，真是站都站不住。擔心颱風攪局，阿早看起來也累累的。

到台中才下午兩點半，天氣晴朗，我們兩個哪兒也沒去，就待在飯店裡休息，路途上阿早介紹我聽她最近喜歡的歌手的音樂，我們一人一邊分享著耳機裡的歌聲，到飯店我們還在聽歌，一首一首歌聽過去，安靜的午後，天氣那麼好，我們卻宅在飯店裡，像是高中女生那樣談論著這位歌手的詞曲、聲音、唱功，像發現什麼寶藏。

飯店離綠園道誠品很近，小小的商務旅館，簡單乾淨，傍晚我們去百貨公司吃了晚餐，還繞回飯店刷牙，又休息了一會，既沒有逛街，也沒有買任何東西，真是宅到最高點。

上台前阿早才知道自己也要發言，但她也是穩穩地，很久沒有一起對談了，雖然在家裡每天都說話，但在台上講話感受特別不同。即使在一起這麼久了，每次聽阿早發言，還是會發現她可愛的地方。

第二天到高雄，也是晴朗的好天氣。

高雄座談會上感謝好友阿啾主持，氣氛輕鬆愉快，今年沒有舉辦台南場，有許多朋友特地從台南趕來，好感動。

會後我們幾個朋友去吃沙茶火鍋，我身體差不多都復原了，開開心心吃飽喝足，又搭高鐵回台北。路上我們都閉眼休息，感覺像是去了很遠的地方。

從捷運站走出來，我們倆還在討論許多事，牽著手沿著公園走路回家，覺得出一趟遠門真好，相處第九年，還可以有說不完的話。

跑完這些活動，我就要閉關寫小說了。

阿早說：太太，我還是很喜歡你耶。

我說，我也是啊。

愛情不只是喜歡，但若相愛多年，愛情裡還保有喜歡，那真是太好了。

惡夢

昨晚我做了惡夢，就像恐怖片那種惡夢，幸而因為尿急醒來，天光大亮，我好端端地在與阿早的家裡，一點恐怖的東西都沒有。我很安心地又躺了一會，每次做惡夢，都很慶幸可以清醒過來。

阿早剛才突然對我說，我昨天做夢了（她很少記得自己的夢境），醒來的時候一直擔心怎麼辦？

我問她夢到什麼這麼著急，她說：夢到我陪你去參加一個座談會，是在一個大學裡舉辦的，活動結束後，我們走出會場，外頭好荒涼，你說要去上廁所，因為還有其他朋友，我陪著他們，就沒有跟你去，廁所似乎在很遠的地方，那條路又正在施工，我們等了很久，你都沒有回來，真的好久啊，久得我都擔心起來了，心想要趕快去找你。這時候我突然醒來了。發現是作夢，你就在我旁邊睡覺。雖然鬆了一口氣，可是心裡又擔心著，那夢裡走丟了雪雪怎麼辦？很想趕快回到夢裡，把你找回來。

我真的很擔心啊，她說。說到這裡的時候，她的眼睛紅紅的，好像還停留在夢裡擔心我走失的擔憂裡，「躺在床上一邊很安心你並沒有走丟，一邊又擔憂著夢裡已經走丟的你，好奇怪的感覺。」

阿早說著話，我走過去抱了她。

我沒對她說，聽到她這麼說的時候，我的心怦通發出好大聲響，對照著我自己的夢境，我知道我生命裡還有很多很多傷痛沒有處理完，我也很認真在處理著，然而，我從來沒有這樣深刻地感受到，自己被確確實實地愛著，就在她剛才說著那些話時，我的心裡流著淚，一定要好好活下去，因為你不知道自己將來會如何，你有可能從那些絕望的境地裡走出來，並且終於遇到一個人，真真切切地愛你，連在睡夢裡，都在為你掛慮。

沒有人是不值得被愛的。告訴自己三次。

返鄉投票

我與阿早當年的婚禮，是在花蓮海邊一個民宿小房間裡，由兩位朋友幫我們見證完成。

我永遠忘不了那晚儀式完成後，我們到海邊玩仙女棒，我們像孩子似地，手中揮舞燦亮的火光，之後我們走回民宿，客廳裡，民宿老闆夫妻與一家幾口的房客正在喝茶聊天，當時我心裡還殘留著激動，很想對他們說，我們剛才結婚了！

但我沒有說出來，我們只是互道晚安，回到了房間裡。

那場美得像夢一樣的簡單婚禮，真的就像夢一樣，不知道何時成真。

今天我又看見這張模糊的婚照，因為房間裡燈光昏暗，拍得匆促，照片裡的我們好年輕，不知道將來會遇到我進出醫院，開刀，手術，治療的日子，也不知道我們會爭吵、磨合，更不會知道，我會從一個孤僻僵硬的人，有一天會變得那麼溫柔。未來的我們將舉辦很多場簽書會，以伴侶的身分出席，認識了這麼多這麼多讀者與朋友。

但這九年多來，我們正如當時在婚禮上的誓言，無論疾病、貧窮、痛苦、悲傷，無論發生任何事，我們都守護著對方，陪伴著彼此，同甘共苦。我們的婚姻沒有法律保障，卻無比堅定。

阿早小的時候就長得很像男孩，因為這件事受過同伴的欺侮，她說她長大後遇見過那個男生，他們還談了話，她知道對方還記得那時的事。敦厚的阿早並沒有責怪對方，她說，她感覺得到對方隱隱的歉意。

我與阿早都曾生活在同志還是禁忌，是秘密，不能告訴朋友、家人，我們的年輕時代，都曾在黑暗中思考、摸索，一點一點企圖了解自己是怎麼回事，愛上同性，將來該怎麼辦。

二十多年過去，我曾認識的參與台灣同志運動、為此努力付出的人，都還在努力，許多人都跟我一樣已經頭髮花白了，有更多年輕一代的朋友加入，去年幾十萬人上街，好不容易才得到大法官釋憲，感覺距離同志婚姻合法只剩下一點點路。

如今卻又為了公投法案的反撲，面對新一波更激烈、更恐怖的反對勢力。

這兩年同志與支持同志的朋友們不知已經上街多少次，為了同志婚姻，為了性別平等教育，大家口乾舌燥，聲嘶力竭，大家還繼續努力著，在各個地方與反對的人辯論，努力說服對公投法案弄不清楚的人，有很多人每天都在Line群組裡與人論戰，有很多人因為那些污衊的話語，再次受到傷害。

但我們不會放棄。

所有這一切，我們捍衛的價值，是為了不要再讓有像阿早那樣的小孩，因為自己的性別特質被欺負，不要再有玫瑰少年葉永鋕的犧牲，我們期盼一個人人都可以安心做自己，安心長大的環境，我們深知人生而平等，選擇婚姻、成立家庭，人人都該享有這樣的權利。

明天，一起返鄉投票吧，公投案10、11、12不同意，14、15同意。

但願我的頭髮全白之前，我們可以真正地結婚。

願天下有情人終成眷屬。

公投之夜

可以哭泣，但請不要絕望，
可以悲傷，但請不要放棄，
不要想著那些不支持我們的人，
不要恐懼地想著他人的歧視無所不在，
去想著那些支持的人，那些願意等待一兩個小時，也要投下同意票人們，
這是一場一開始就註定不公平的比賽，
然而我們沒有輸，
因為我們召喚出了前所未有的最多的支持，那些都是鼓勵支持的聲音，
切切實實的支持。
而且我們還有大法官釋憲的保障。
擁抱彼此，安慰自己，守護這份美好的心意，熬過這一夜，我們還要繼

續努力，
路還很長，
我們打了美好的一仗，
我們絕不後悔，不喪志，
我們彼此相愛，不會因為一次公投而改變。
加油！

有人愛你，有人愛你，有人愛你

讓我們一起好好活著！一起活著繼續改變世界！

紛紛有網友傳來訊息，說各地陸續有同志因公投結果不理想而要自殺，要我為此說說話。我還不確定這些消息，我希望不是真的，我希望還來得及阻止。我有話要說，請大家幫我把話傳出去。

同志從來不是因為別人的允許所以成為同志，我們選擇成為自己，並且為這個選擇做出努力，付出代價，代價雖然沉重，卻是值得的，因為世界各地同志前先輩們的努力，已經大大改善了同志的處境。在久遠以前，身為同志本身就是罪，甚至會遭到刑罰（現在某些地方還是如此）。幾十年前，在美國身上沒有三件符合性別的衣著就可以隨意被關進監獄，任意毆打。二十多年前的常德街事件，偷拍事件，十多年前葉永鋕的犧牲，都近在眼前，以前報章雜誌只要提到同志，不是自殺就是殺人，永遠都是負面新聞。但是現在的我們，幾十萬人上街，幾百萬人投票，即使惡意的聲音鋪天蓋地，但我們還可以抬頭挺胸站在陽光下，宣稱自己是同志，我們要合法結婚，我們發出了震耳之聲，世界各地的人都聽見了。在去年我們得到了大法官釋憲，這些都是前人無法想像的。我們確實活在一個更好的世界裡，古往今來世界各地的同志們的努力沒有白費。

這段時間，為了爭取公投案，我知道很多朋友第一次出櫃了，過程有喜有悲，即使因此受挫，但出櫃終究還是會為你帶來機會，只是需要時間證明。有很多人奮力地向身邊人出櫃、告白、拉票，我們也第一次知道某些人其實早就知道我們是同志，為他們的友善而感動。還有一些人跟我們意見不同，無論是不是經過說服，我們也爭取到一些人的支持，另一些人反對，或者友善地辯論，或者激烈爭執。但這些溝通都是好的，即使到最後無法達成共識，至少，你努力為自己爭取過了。

我知道有很多人在這一段時間裡，看到各種抹黑、醜化、耳語、謠言，甚至是在電視報紙上肆無忌憚的謊言，因而受傷了。我知道有很多人即使聽見旁邊的家人就在討論著不實的謠言，你因為沒有出面制止、因為還不能出櫃，覺得痛苦，但不要怪罪自己，在時間漫長的河流裡，這只是其中的一段日子，不足以論斷你的價值。昨天，只是你生命之中的一天，公投，只是你生命裡的一件事，你聽到的惡言惡語，確實存在，但也無法抹消另一種存在，有三百萬人為了我們的權益投下了同意票，三百萬，這是以前的我們無法想像的數字，這些人有很多人不是同志，但他們選擇與我們站在一起，這些良善的聲音，溫柔的支持，堅定的力量，真切地存在，請不要因為昨晚的挫折，就誤以為時代倒退了，我們回到蠻荒世界了，真正能決定我們活在怎樣的世界裡的，是我們自己，他們可以反對我們，可以造謠、抹黑，可以用惡意的言詞讓我們受傷，但只要我們堅強起來，像過去那些在黑暗時代匍匐前進、為了爭取平權而努力的人們那樣，即使只要還有一點點光，即使沒有一點點光，我們也赤手空拳，打穿那麼黑幕，讓光透進來。

我知道你累了，你受傷了，你絕望了，你心碎了，可是身為一個同志，這些都是我們早就背負的創傷，但這不足以讓我們懼怕、投降，無論出櫃與否，無論你身旁的人支持與否，那是存在我們生命裡活生生的血液，那是我們與生俱來，最真切的聲音，就在我們跳動的心臟裡，我們知道自己是真實的存在，誰也無法抹消。活下去，才有希望。

感謝這段時間各個團體、志工的努力，這些人聲嘶力竭、日以繼夜，在各個地方、用各種方式已經努力了好幾十年，他們沒有放棄，沒有倒下，沒有喪志，還溫柔地用各種聲音呼喚大家，安慰大家，還在繼續地想方設法，如過去一樣，往後也還會繼續下去，我們並不孤單，因為早有先輩在黑暗中為我們鑿開了路。我們非但不孤單，我們也不能不勇敢，為了比我們年輕的朋友，為了那些剛出生的寶寶，正在學走路的孩子，在校園裡擔心受怕的學生，我們曾經努力過，便還要努力下去。

你問我，身為同志為什麼那麼累？我想說，真正想要好好做一個人，做一個有尊嚴、有能力為自己做決定的人，就要有勇氣承擔這份決定，這份累是驕傲的，因為我們非但不懼怕世界的黑暗、惡意，我們還願意為這個藏有黑暗惡意的世界，帶來更多的光亮，去照亮那些比我們更弱勢的人們。

我們沒有輸，沒有倒退，沒有被毀滅，那些選票裡，至少有三分之一是支持的，這是以前的同志們難以想像的景況，同志是少數，卻有這三百萬張票，我們怎麼算輸呢？

但真正美好的未來確實還沒有到達，仍有許多人還在痛苦、傷害之中，我知道你可能就是其中一個，我無法伸長手安慰你擁抱你，請你抱緊自己，真真切切地想著那些為了我們而出面的人，那一張一張溫暖的臉，那些懇切的聲音，他們以前不曾表態過，但這次他們表態了，你不要想著些醜惡的人，而是去想著這些溫柔的人，他們確實存在，以後也不會消失。

悲傷、痛苦、絕望、憤怒，都是短暫的，將來會面對一個怎樣的世界，不是他們說了算，我們自己也可以決定我們的將來，無論要經過多少努力，我們願意努力，還會繼續努力。

答應我，我們一起好好活下去，有人愛你，有人愛你，有人愛你。

有人愛著你。

決不放棄！

寫作

忙忙亂亂好一陣子，日子有好有壞，身體有好有壞，心情有好有壞，有天夜裡醒來，突然想通了自己正在寫的長篇關鍵的問題（不過連睡覺都在想小說內容，到底是不是好事呢），身體好的日子認真地寫了好幾天，這本書熬了快兩年了，不知改寫多少次，靠近年底，終於看到出口的光了，那些被我改來改去改到自己都快分不清誰是誰的版本，終於一條一條理清楚，每個人物的性格、身世也差不多到了可以清楚地浮現出來的樣子，我激動地跟阿早說：「這次好像真的可以寫下去了。一直寫下去，我真的可以寫完了。」雖然她根本不知道我在說什麼，但也似乎完全理解了我的意思。雖然離結尾，還有很遠的距離。

長篇寫到這種程度，就是進入狀況了，生活裡除了阿早，就是那些人物散落在四周，陪伴我度過每一天，生活變得極其簡單，早餐過後開始寫作，午餐會走很遠的路去買素食，寫到下午三點，就可以休息，休息的時候就洗衣服、掃地、倒垃圾、把家事都做一做，看書，看電影，看劇，等阿早下班一起吃晚餐。

練瑜伽的日子時間會延後些，就寫到五點鐘。其他不變。

希望可以這樣一直努力到把小說完成。

不過每個月，總有幾天要看醫生，總有幾天會什麼也沒辦法做，只能躺著休息，那樣的日子，我就靜靜地等待著，等待疼痛過去，讓自己充分的休息，等待一個新的循環開始。只能忍耐，就放鬆忍耐吧。

陪伴著時常在生病的我，以及大部分心思都放在寫作的我，有時阿早會抗議，說我「人在心不在」，或者笑我「看你在發呆，就知道你又在想小說。」即使我明明安安靜靜地在她懷裡。因為白天頭腦激烈地活動，等她下班時，我幾乎都處在放空的狀態。想了些什麼，我也不太清楚。

然而她還是做很好吃的早餐給我吃，我疼痛的時候，她會用很奇怪的方式逗我，弄得我哭笑不得，但至少分散了注意力，最好的日子，是我放下工作，她也休息，沒有外務，我們可以安靜地去散步，買菜，做晚餐來吃。

因為去剪頭髮，所以在百貨超市裡買了一些食材，所以連著三天，阿早做的三明治裡有好吃的奶油、起司和火腿，不是每天都有這麼好的麵包跟材料的，要很珍惜地吃。今天吃掉了最後一片麵包，火腿也吃完了。

新買的橄欖油實在太好吃了，是以前的我絕對買不下去的那種好油，但是吃了之後，覺得真的要對自己好一點啊，吃這麼好的油，一定可以讓身體變健康的，至少可以讓心情很開朗啊，阿早在沙拉裡放了柳丁、小番茄、葡萄、生菜，美味的油把所有滋味全部融合在一起，盤子上的油都想用手指頭抹起來吃光。

謝謝你總是照顧我。

謝謝一直默默在祝福著我的朋友們。

揮別二〇一八

跨年夜照例在家裡過，朋友給的各色蔬菜，婆婆給的土魠魚，以及她做的可樂餅豐富了晚餐的菜色，阿早做了炸可樂餅（婆婆的可樂餅真是天下無敵）、土魠魚塊（阿早說既然都用了這麼多油，不如魚也用炸的），芥菜與玉米筍燉雞湯，番茄莎莎醬，烤杏鮑菇，還有品客洋芋片，今天晚餐每一道菜都很好吃，但最驚喜的還是阿早說，可以用品客配莎莎醬啊，她做了一片給我吃，哇，真是美味，原本放在一旁單吃的玉米粒，配上烤杏鮑菇剩下的奶油蒜末，一起放到洋芋片上頭，遞給我吃，因為完全沒料想到，我吃了之後哇的一聲大叫，怎麼這麼好吃！完全沒想到。（我一向都是不吃蒜末的。）

為了應景，我也喝了點紅酒，最近喝了幾次，量都不多，但也沒什麼事，覺得頗有滋味。

最應景的該是一起看新一季的《黑鏡》，阿早提醒我，我才記起去年也是跨年夜一起看的《黑鏡》。如果這可以變成過年的常例，那就太好了。

二〇一八年是一言難盡的一年，從年初我弟弟的女兒誕生，迎接了我生活裡第二個嬰孩（十一月一對拉子好友的女兒誕生），新生命的到來充實了我們的生活，也讓我們體會到生命的艱難與可貴。看著兩個孩子一點一點地長大，真是非常奇妙的經驗。

二〇一八整年我都在跟長篇小說搏鬥，除了年中出版的散文集，以及多場簽書會，以及幾次遠行（哇，算起來竟然去了那麼多地方啊）。

其他時間我都是苦苦在煎熬著，從春天寫到冬天，歷經了無數版本，許多次重寫，六七萬字廢棄，終於確定了一個可以繼續的版本，感覺到這本書只要繼續寫，是可以完成的。

這個冬天對我來說太悲傷了，朋友的驟逝，十二月初一向健康、不菸不酒的父親突然發現得了中期扁桃腺癌，讓我們一家人都陷入混亂。至今我仍沒有辦法好好消化這件事，幸而父親自己很穩，也務實樂觀，他或許是我們全家最平靜的一個，他現在已經開始接受化療了，接下來我們也會陪伴他好好接受治療。我希望自己更平靜、理性一點，才能協助家人一起度過難關。

希望二〇一九年有一些好消息，我太需要好消息了。

但我知道，與其期待好消息，我更應該好好珍惜身邊所有我愛的人，保重身體，珍惜時光，不要過度消耗自己，並且期許自己無論在何種狀態下都能好好地愛人，好好寫作。

再次謝謝阿早，謝謝身邊的親友，謝謝這一年新認識的許多新朋友，二〇一八年有很多令人感動的時刻，我在這裡無法一一言謝，我都記在心上。謝謝你們給予我的美好，幫助我度過了許多艱難的時光。

祝二〇一九年大家都充實美好，健康平安。

我愛你們。

珍惜每一刻。

二〇一九開始

上週回了老家，探望爸媽，這次難得全家聚集，再加上弟媳與新生的寶寶，共度了兩天。

爸爸剛做完第二次化療，稍有副作用，瘦了一些，因為有輕微糖尿病，也正在治療，每天傍晚他都帶媽媽一起到附近公園運動，因為生病，一向努力工作的父親終於願意放下工作了，這是他生命裡最清閒的日子，「把身體養好要緊。」我說，爸爸說，對，要照顧身體。多休息。

我的勤勞、工作狂、甚至強迫症都像爸爸，他一向不菸不酒，生活嚴謹，對罹癌這件事他也沒有抱怨或沮喪，只是認分務實地接受治療，自己勤快地運動，調整生活方式，這一點我也跟他相像，想到自己身上有那麼多與父親相似的特質，這些或許就是他遺傳給我最珍貴的特質，讓我可以成為一個勤奮的小說家。

回台北後，因為對面的大樓工程開始了，每天八點就開始施工，噪音震耳，阿早請她弟弟幫我上網找了筆電，昨天早上就寄來了，昨天下午阿早都在幫我設定筆電，生怕我不會用，一點一點教我，我好久沒有用過筆記型電腦了，現在的電腦都做得好輕薄，非常漂亮。

昨晚試著用筆電寫作，應該沒有問題，往後要是外面太吵，我就會提著電腦出去找地方寫。

多年來我都是在家寫作，但我想我應該可以適應的，只要有電腦，周圍不要太吵，我哪兒都可以寫作的。

二〇一九年開始，因為施工，我們每天都八點就起床，因此晚上也早早就上床了，藉此調整了作息，也算是意外的收穫，八點起床的好處是，往往十二點我就把以前一天規定的一千字寫完了，下午還可以再寫一些。希望快馬加鞭，把正在往下半部進行的小說，編織得更緊實點。

今年上半年的身體檢查沒有狀況，安心些了，接下來是七月要做檢查。我要把每半年追蹤一次的檢查，當成是生活的一部分，也藉此提醒自己不要過勞，不要消耗，要穩穩地生活，穩穩地寫作。

晚上十一點多，我們就帶著書本上床了，這倒是以前少有的經驗，以往我們都有各自就寢的時間，現在晚上還可以在床上相處一會，說晚安，然後關燈。貓也在窩裡睡了。

想著阿早下午認真幫我處理電腦的樣子，她細心提醒我各種細節，那些都是真的很了解我的人才知道的眉角，我覺得很感動，雖然她總是像馴獸師一樣，每天都因為我的各種迷糊事件感到困擾，也常常對我耳提面命，但若要說到愛之以德，我想阿早做得很好，以前生活總是亂七八糟的我，現在也會好好收拾房子，把家裡打掃乾淨了，以往不覺得這些重要，但現在真覺得有一個乾淨明亮的屋子，才能夠好好生活啊。

二〇一九年也請大家多多照顧了。

圖書館裡的旅途

買了新的筆電，外面的施工卻停了，屋裡又恢復了安靜。但我想都花錢了，還是要練習出去寫稿子。

昨天吃完午飯就帶著筆電去圖書館。

起初去自習室，大爆滿，滿滿都是年輕人，根本沒位置，後來只好去閱讀區，找了位置坐下來，去藏書區找了兩本書，這是我第一次在圖書館試著寫作，打開筆電，啪啦啪啦就開始打字，阿早說我打字總是很大聲，要試著溫柔些，圖書館很安靜，我想還是應該輕柔地打字才對。

不知不覺就過了兩小時，就把手頭上的字母會短篇寫好了。我把二十六個字母都寫好了，花了快六年的時間。

緊接著繼續寫長篇，手感真好，感覺可以一直寫下去。

眼睛累了，我就起身走走，圖書館有好多專業的書籍，是我以往不會去翻看的，或許是寫作需要吧，如今我看到什麼書都有興趣，連刑法的書也翻翻看。

這時我覺得圖書館真是太適合寫長篇了，空間大，安靜，可以看到各式各樣的人，感覺視野很寬闊，而且需要什麼資料就可以去找書，寫累了可以到處走，想到外面去運動也行，我自己帶了無咖啡因的茶，喝完了就喝溫開水。

三點半我就收工了。接著讀書，我讀的是史景遷寫太平天國，實在太好看了，忍不住開始抄書，圖書館座位區的燈光很好，桌椅高度也很舒適，而且放眼望去，每個人都在讀書，在這樣的氣氛裡寫作讀書都很安心。

五點鐘我背上筆電，把書籍收好，走路去吃飯，回到家還不到六點，一天的工作量是平常的兩三倍。

晚上我一直跟阿早說圖書館的好話，說在那兒寫作有多好啊，又省錢，又安靜，感覺我需要的東西都在那了。說得好像我是圖書館的代言人似地。

阿早說：「說不定只是新鮮感。」

我說：「才不是呢，圖書館真的很棒，我想去很多不同的圖書館寫作。」如果有這種在圖書館寫作的計畫就太好了。我可以當代言人，真的喔！

阿早說：「想不到你變成可以在圖書館寫作的人了。」

是啊，我以前最討厭人多的地方，我以為我只能在自己家裡寫作。沒想到我一到圖書館就變得很專心。

「因為筆電沒有網路啊，不會分心。」阿早說。

可能是因為這樣吧，我的筆電只能寫作，臉書啊、Line什麼的我都沒安裝。沒有任何追劇的功能。也沒有貓。

而且昨天在圖書館抄書的時候，我刻意慢慢一筆一畫寫字，發現這樣慢慢寫字手就不會痛了。

晚上回到家，還繼續抄著書，感覺自己好像變成了學生一樣。（我當學生的時候從來不去圖書館）

今天天氣真好，原本還想去圖書館的，但下午三點要倒垃圾，傍晚也還要外出，想著想，還是明後天再去吧，圖書館就在那裡，一兩天沒去也不會跑掉。

結果在家裡寫作也很棒，把喜歡的音樂都開來聽，一邊很快樂地大聲敲打鍵盤，還可以一邊洗衣服，進度也很好啊。

原來，不是地點的緣故啊，是因為長篇寫得正順手啊，終於破案了，以前撞牆期，坐立不安，讀不下書，寫不順利，每天待在電腦前都好痛苦，那些日子一天一天都忍耐著度過了，所以才換來現在的順利，所以我才會在圖書館寫作也那麼快樂啊。

這樣想著，就安心了，要記住這種感覺，留待以後寫長篇的空窗或撞牆期，用來鼓勵自己，寫作就是這樣的長路，會有很多階段，黑暗期一定會痛苦，撞牆的時候，一定會覺得自己很差，那些日子只要忍耐著度過了，就會迎接一段安穩的，緩慢上升的好日子。

我想起小說家朋友送我的話，「慢慢收成」，我覺得無論是寫作或是談戀愛，都是這樣的，這是一條長路，無論哪個階段，都是必然的經歷，可是因為你踏實、堅持走過了，就可以走出自己的道路。

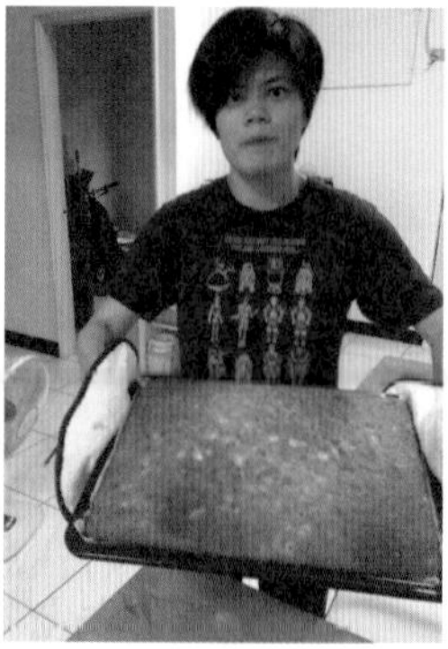

彩

漫漫同婚路

兩年前大法官釋憲，二〇一七年五月二十四日，司法院公布釋字第748號解釋文，宣布現行《民法》未保障同性婚姻自由及平等權已屬違憲，要求行政和立法機關兩年內完成相關法律之修正或制定，以保障同性婚姻的權利，我還記得當天我們在法院外頭時歡呼鼓掌，一群人快樂地去喝酒。努力了好幾年，上街頭那麼多次，終於可以結婚了。

去年，反同團體提起了公投案，限制同志婚姻只能以專法訂定，同志團體也只能另外發起支持同志婚姻合法的公投，為了公投的事，大家又忙了好幾個月，最後公投案是專法版本得到了過半的票數。

一切都有變數。

今年行政院提出《司法院釋字第748號解釋施行法》，我在臉書上提到五月二十四日之後我們就要去戶政事務所登記結婚。

BIOS monthly看到了我要結婚的消息，想為我們拍攝婚紗照，我們溝通了許久，決定以輕婚紗的方式拍攝。因為我身材嬌小，不容易找到合適的禮服，最後是到現場去試衣服，才找到了合身又喜歡的禮服。

拍照當天，天氣涼冷，我們與BIOS的工作人員一行人從家裡拍到紀州庵，紀州庵建築與草地都很美，只是穿上婚紗，梳了我生平第一個半丸子頭，化了妝，就覺得好像真的變成新娘了，阿早那天的裝扮我也很喜歡，我們就像在郊遊一樣，提著裙子，在草地上奔跑、笑鬧、說話、在紀州庵的老建築裡安靜對望，我從沒想過自己會拍婚紗，但那天，我們好像又回到了當年在花蓮海邊的時光，潔白的衣裳，深情的凝視，開懷大笑，鄭重地握手，這是盟誓了。

婚紗拍好了，戶政事務所也預約了，也跟父母報備，只等著五月二十四日到來。

沒想到變數又來到。反同方的立委提出了兩個提案，其中有一個提案要求把「結婚」改成「結合」，甚至還有防偽條款。為了因應這些荒謬的提案，同志們又得再次走上街頭。

寫作此文的同時，我們正在等待五月十七日立法院逐條審查，當天我們都會到立法院去，等著看最後通過的版本是什麼。我聽很多朋友說，婚紗已經拍了，宴席也訂好了，但如果結婚變成「結合」，他們就不去登記了。我覺得悲傷。

只是想結婚，為什麼那麼困難？

多年前我就一直想要寫一本「十年」的書，記錄下我與阿早的婚姻生活，後來經歷了與反同團體漫長的對抗，感受到了身為同志的艱難，我看著那些美麗天真的婚紗照，回想拍照那一天，回想最初我們在花蓮的婚禮，以前我覺得合不合法不重要，但我後來才知道，合法就是對同志一視同仁，結婚是同志應該得到的權利。

我的同婚十年，同志團體走了好幾十年，但願最後通過的是政院版本，但願有情人終成眷屬。

印刻文學 596

同婚十年——我們靜靜的生活

作　　者　陳　雪
總 編 輯　初安民
責任編輯　宋敏菁
美術編輯　朱　疋　黃昶憲
圖片提供　BIOS monthly（攝影／王晨熙）　賴小路　陳　雪
校　　對　陳　雪　早餐人　宋敏菁

發 行 人　張書銘
出　　版　**INK** 印刻文學生活雜誌出版股份有限公司
新北市中和區建一路 249 號 8 樓
電話：02-22281626
傳真：02-22281598
e-mail：ink.book@msa.hinet.net
網　　址　舒讀網 http：//www.sudu.cc

法律顧問　巨鼎博達法律事務所
施竣中律師
總 經 銷　成陽出版股份有限公司
電　　話　03-3589000（代表號）
傳　　真　03-3556521
郵政劃撥　19785090　印刻文學生活雜誌出版股份有限公司
印　　刷　海王印刷事業股份有限公司

港澳總經銷　泛華發行代理有限公司
地　　址　香港新界將軍澳工業邨駿昌街 7 號 2 樓
電　　話　852-27982220
傳　　真　852-31813973
網　　址　www.gccd.com.hk

出版日期　2019 年 6 月　初版
ISBN　978-986-387-295-5
定　價　350 元

國家圖書館出版品預行編目資料

同婚十年：我們靜靜的生活／陳雪 著.
--初版. –新北市中和區：INK印刻文學,
2019. 06 面； 14.8 × 21公分. --（文學叢書；596）
ISBN 978-986-387-295-5　（平裝）

863.55　108007604